龍の髭

小鳥神社奇譚

龍の髭

小烏神社奇譚

目次

一章　蜃の見せる景色

一

冬の日の朝、江戸湾《えどわん》に蜃気楼《しんきろう》が現れた。

上野の小烏《こがらす》神社に宿る太刀《たち》の付喪神《つくもがみ》、小烏丸は空へ駆け上がり、それを見た。小烏丸はその名の通り、カラスの形《なり》をした付喪神である。

「竜晴《りゅうせい》よ、大変だ」

蜃気楼の景色をしかと目に焼き付けてから、小烏丸はすぐ自らの主人に知らせた。小烏神社の宮司《ぐうじ》であり、先祖から陰陽師《おんみょうじ》の力を受け継ぐ賀茂《かも》竜晴である。

神社の庭にいた竜晴の位置からは、蜃気楼が見えない。だが、竜晴は類《たぐい》まれな呪《じゅ》力《りょく》を用い、小烏丸が見たのと同じ景色を確かめた。

竜晴は見たことのない景色だと言った。さもあろう。竜晴に見覚えのあるはずがない。なぜなら、あの蜃気楼は何百年も昔の京の景色だったのだから。

南北に走る朱雀大路《すざくおおじ》も、東西に走る一条《いちじょう》から九条《くじょう》までの大路もあった。碁盤の目のような町並みも確かめた。目立って高い東寺《とうじ》の五重塔《ごじゅうのとう》も、見覚えのある場所にあった。

小烏丸は、蜃気楼の景色が自分の知る都であることを、竜晴に話した。竜晴とて驚きはしただろうが、あからさまにそれを見せることはなかった。竜晴はいつもそうだ。無言のまま、何事かを考え込んでいる。

小烏丸は竜晴の思案の邪魔をしないよう、ただ黙って待った。小烏丸と同じく刀の付喪神であり、白蛇の姿をした抜丸《ぬけまる》も、いつもは要《い》らざる口を利くことが多いのだが、今は黙っていた。

そして、どれほどの時が経《た》った頃か。

「竜晴、蜃気楼がまた現れたようだぞ」

慌てふためいた男の声が沈黙を破った。つい先ほど、往診に出かけた医者、立花《たちばな》泰山《たいざん》が舞い戻ってきたのだ。

泰山は小烏丸の正体を知らない。見られたところで障《さわ》りはないが、野生のカラスがあまりに人に馴《な》れているのも妙なので、小烏丸はいったんいつもの木の枝へ退散しようとした。

――と、その時。

小烏丸は江戸湾の方――つまり蜃気楼の出ていた方角が白く輝くのを見た。

「うわあっ！　助けてくれ、竜晴」

抗《あらが》いようのない力で、その光の方へ吸い寄せられる。竜晴の名を叫びながら、羽をばたつかせたのを最後、小烏丸の意識は閉ざされてしまった。


目を開けた途端、砂埃《すなぼこり》が入ってきて、小烏丸は不快になった。幾度か瞬《まばた》きしているうちに、ものの輪郭ははっきりしてきたが、それでも景色は濁って見える。

小烏神社の庭はこんなに埃っぽかっただろうかと思いながら、辺りを見回すと、左側から妙に大きな車輪の音が聞こえてきた。

モオォーという、のんびりした牛の鳴き声がする。

どうして江戸の町中に牛がいるのだと思いつつ目を向けると、何と牛が車を引いてくるではないか。

（あれは、牛車《ぎっしゃ》だ）

と同時に、これはおかしいと気がついた。いや、あまりのことに混乱した。

それでも、牛はぐんぐん進んでくる。思わず、牛と目が合った。

モオォーと威嚇《いかく》するかのような鳴き声に、小烏丸は慌てて傍《かたわ》らの塀に飛び上がった。

覚えがある。これは築地《ついじ》と呼ばれる塀だ。その奥に見えるのは、寝殿《しんでん》を備えた公《く》家《げ》の邸《やしき》であった。

ここは明らかに、今まで自分のいた世界とは違う。いや、その前に今はいつなのだろう。つい先ほどまで暮らしていた寛永《かんえい》十四（一六三七）年に、牛車は走っていなかった。

（まさか、これはさっき見た蜃気楼の世界なのか）

蜃気楼が見せた京の町、あの中へ入り込んでしまったということだろうか。

ここが京かどうかは、上空に舞い上がって確かめれば分かる。幸い、自分の姿に変化はないようだ。立派な爪のある足もあれば、黒くつややかな羽もある。

「カアー」

ここはどこだ、誰か教えてくれ――と鳴きながら、小烏丸は空に飛び上がっていった。


一方、小烏神社の庭先では――。

突然、消え失《う》せた小烏丸と入れ替わるように、泰山が駆け込んできた。

「竜晴、蜃気楼が……」

肩で息をする泰山は蒼《あお》い顔をしている。ついこの間、一度目の蜃気楼を見てしまった後、鵺《ぬえ》と蜃《しん》の力で眠らされたばかりなので無理もない。

「お前、またも蜃気楼を見てしまったのか」

竜晴がすかさず問いかけると、

「いや、見ていない」

と、泰山は何とか息を整えつつ答えた。

蜃気楼の出現は、道行く人の騒がしい会話で知ったそうだ。だが、そうした騒ぎに乗せられて、蜃気楼を見に行ったかつての失態を糧《かて》に、今度はすぐ竜晴のもとへ舞い戻ってきたという。

竜晴はおもむろに告げた。

「前の時と同じく、怪異のしわざかもしれないからな」

「しかし、あの悪さをした鵺という化け物は、お前が退治したのだろう」

「うむ。私と言うより、名刀獅子王《ししおう》が、と言うべきだろうが」

竜晴は正確に言い直す。

「ただし、怪異はふつうの生き物とは違う。実際、鵺は何百年も前に退治されたにもかかわらず復活した。封印する、退散させる、消滅させる、成仏させる——妖《あやかし》や悪霊《あくりょう》の始末の仕方はさまざまだが、そのいくつかは完全なものではない」

竜晴の言葉を聞き、泰山の顔色はいっそう蒼ざめた。

「では、早くもその鵺が復活したというわけか」

「いや、さすがにそれはないと思うが」

鵺の体を数百年前と同じように切り刻み、その心《しん》の臓《ぞう》を確かに貫いた。鵺の弱点であり、強い力を発揮する獅子王の刃で突いたのだ。完全復活を封じたわけでないにせよ、少なくとも鵺がこの世から消え失せたのは間違いない。

「うむ。それでいい」

――これで終わりと思うな。

だが、消え去る直前、鵺はそう吐き捨てていった。今わの際の言葉が嘘《うそ》ということはないだろう。とすれば、言霊《ことだま》の力を借りた呪詛《じゅそ》であったか。

「気になることもある。少し調べてみるが、お前も蜃気楼を見てしまった人に会ったら、気にかけてやってくれ」

竜晴の頼みを、泰山はすぐに承知した。顔色は蒼いままだが、その眼差《まなざ》しは医者としての強い使命に燃えている。

「夕方、またここに寄る」

泰山は言い置き、再び出かけていった。

「竜晴さま」

泰山が去るのを待ちかねた様子で、縁側の下から白蛇が這《は》い出てくる。泰山が来てから姿を隠していた抜丸であった。

「こ、小烏丸はどこへ行ってしまったのでしょう」

抜丸の声はいつになく動揺していた。

泰山がここへ駆け込んでくる直前、小烏丸は竜晴に助けを求める声を最後とし、姿を消してしまったのだ。竜晴は呪力で小烏丸の気配を追ったが、すぐにたどれなくなった。同時に、江戸湾の蜃気楼の気配も消えた。

竜晴がそのことを告げると、

「まさか、小烏丸は蜃気楼の中に吸い込まれたと？」

抜丸は震える声で問うてきた。

「その見込みが高いが、断言はできない」

「小烏丸がどこへ行ったか突き止め、あやつをこちらへ連れ戻すことはできるでしょうか」

「無論、そうするつもりだ」

竜晴は迷いなく答えた。ただし、蜃気楼が消えてしまった以上、今すぐ追いかけることはできない。

だから、その手段を講じるのに、少し準備がいると告げると、

「その時は、私も一緒にお連れください」

と、抜丸は嘆願した。その必死の両眼に、竜晴は深くうなずき返す。

「そうだな。お前には本体と共について来てもらおう」

抜丸がほっとした様子で、もたげていた鎌首を下ろした。

「では、今から寛永寺《かんえいじ》へ行く。お前は供をしてくれ」

竜晴はそう言い、抜丸を人型にする呪《じゅ》をかけた。

彼、汝《なんじ》となり、汝、彼となる。彼我《ひが》の形に区別無く、彼我の知恵に差無し
オンバザラ、アラタンノウ、オンタラクソワカ

白い霧が地面を漂い、抜丸の姿を包み込んでから消え去ると、白蛇の姿はもうどこにもない。代わりに、真面目《まじめ》そうな少年が一人立っていた。

それから、竜晴は気狐《きこ》の玉水《たまみず》を呼び出すと、蜃気楼が現れたこと、小烏丸が消えたことを伝えた上、

「くれぐれも留守を頼むぞ。今は非常の時ゆえ、誰が来ようと相手にするな」

と、厳しく命じた。

「わ、分かりました」

長く生きているとはいうものの、気狐に生まれ変わってから日も浅い玉水は子狐

と同じである。自力で人間の子供に化けてはいるが、抜丸の知恵や経験には及びもつかない。

「小烏丸さんのこと、助けてあげてください」

いろいろ訊《き》きたいこともあるのだろうが、玉水はそれだけ訴えた。

「もちろんだ」

竜晴は力強く答え、抜丸と寛永寺へ向かった。

寛永寺の住職である天海大僧正《てんかいだいそうじょう》からは、江戸の町を守るため力を貸してほしいと言われて以来、付き合いがある。天海は竜晴と同じく人知を超えた力を持ち、術を行使し、付喪神たちの声を聞き分けることもできた。

竜晴が天海のもとを訪ねる時はたいてい、小烏丸と抜丸を人型にして伴うことが多い。人型の付喪神は力を持たぬ人間には見えないからだ。

だが、今日は小烏丸がいない。いつも言い合いばかりしている相棒《あいぼう》の不在に、抜丸は不安と焦燥を覚えているようだ。

道を行き交う人々も落ち着かぬ様子であった。知り合いに会えば、蜃気楼のことを話題にし、これから何が起きるのだろうとささやき合っている。

竜晴は黙々と歩みを進めつつ、小烏丸の行方を突き止めるための策をめぐらしていた。

二

竜晴と抜丸が寛永寺へ到着した時、その境内《けいだい》の様子はいつもと違っていた。騒々しいわけではないが、門番も僧侶も小僧も不安そうな表情を浮かべている。

「ああ、賀茂さま。よくぞお越しくださいました」

いつも庫裏《くり》で顔を合わせる案内役の小僧は、竜晴の顔を見るなり、どこかほっとした表情を見せた。天海ほどの人が頼りにする相手として、竜晴のことを頼もしく思っているらしい。

「こちらの皆さまがどこか落ち着かないのは、先ほどの蜃気楼のせいだろうか」

竜晴が尋ねると、

「お気を煩《わずら》わせてしまいましたでしょうか。お恥ずかしいことです」

と、小僧は頭を下げた。

「いや、先だっての事件の後ゆえ、無理もないことだと思う」

「はい。ここは高い場所ですので、江戸湾の蜃気楼も見えます。数日前の折は大勢の人が山へ登ってきて、かなりの騒ぎになりました」

その中には泰山もいたはずだ。そして、蜃気楼を見てしまった者たちはその翌日、深い眠りに就くか、昂奮《こうふん》して騒ぎ出し、江戸の町中を混乱に陥れた。すべては鵺のしわざであった。

「今日も蜃気楼を見てしまった者が……？」

「私は見ておりませんが、外にいた者たちは避けようもなかったようで」

驚く人の声がすれば、何事かと辺りを見回すだろうし、たまたま見てしまった者がいるのは仕方がない。さすがに先日の教訓は根付いていて、わざわざ見物に行く者はいなかったそうだが……。

「賀茂さまが来てくださったので、大僧正さまも心強くお思いでございましょう」

小僧はすぐに竜晴を天海の部屋へと案内してくれた。

「賀茂殿のもとへ使者を遣《つか》わそうかと思案していたところであった。お越しくださり、かたじけない」

天海もまた、竜晴の顔を見るなり安堵《あんど》した様子を見せ、さっそく本題に入った。

「またもや、江戸湾に蜃気楼が現れたとのこと」

「はい。この度は、私もその景色を見ました。目で直《じか》に見たわけではありませんが」

竜晴の言葉の意を、天海があえて問うことはなかった。その代わり、

「あれは、何もののしわざであろう。先日の蜃気楼の元凶であった鵺は倒したばかり。まさか、もう復活したというのであろうか」

と、尋ねてきた。

「さすがに、それはないでしょう。鵺が完全に消滅したとは言い切れませんが、かなりの傷は負わせました。それに、鵺の気配はありません」

「うむ。拙僧《せっそう》も直に相対《あいたい》したゆえ、あれの気配は覚えておる。江戸の結界があれによって侵された様子はない」

「蜃気楼を生み出すのは蜃と呼ばれる大蛤《おおはまぐり》。鵺は蜃を味方につけたか、手下としていたのでしょう。その蜃がまだ江戸にいるのではないかと思います」

「では、蜃気楼はその蜃のしわざというわけか」

むむと、天海は唸《うな》った。その蜃は、竜晴や天海たちが鵺と戦った折にも、姿を見せていない。

「となれば、まずは蜃の居場所を見つけ、すぐに倒さねばなるまい。ところで、あの蜃気楼を見た者は前のように眠り込んだり、騒ぎ出したりするのであろうか」

天海は苦い口ぶりで訊いた。

「前の一件からして、明日までは用心するべきでございましょう。ですが、この度の蜃気楼は前回とは違うと、私は考えております」

「何ゆえ、さように思われるのか」

「実はつい先ほど、あの蜃気楼を見た小烏丸が姿を消しました。蜃気楼に呑《の》まれたのではないかと思われます」

「何と、小烏丸が……？　姿のないことを妙に思うてはいたが」

天海は茫然《ぼうぜん》と呟《つぶや》いた。

竜晴は先ほど小烏神社で起きたことを天海に打ち明けた。小烏丸がかつての記憶を取り戻したこと、その直後、蜃気楼が現れたこと、小烏丸がその景色を都のものだと言ったこと、次いで姿を消したこと――それらを、順に語り継いでいく。

「私は小烏丸を捜しに行かねばなりません。それゆえ、今日はしばらくの暇乞《いとまご》いにまいりました」

「何と、賀茂殿は社《やしろ》を出ていかれるというのか」

天海はそれまでにない驚きぶりを見せた。

「まさか、京の都へ――？」

「はい。ただし、東海道を上って旅をするわけではありません。おそらく、今の世の京へ行ったところで、小烏丸には会えないでしょうから」

「では、どこへ、どうやって赴《おもむ》くとおっしゃるのだ」

「小烏丸が蜃気楼の景色を見て、すぐに都と分かったのは、かつて見た景色だったからでしょう。見覚えがあるとも言っておりました。しかし、応仁《おうにん》の頃に始まった戦《いくさ》により、都は様変わりしたはず。小烏丸が知っているのはそれ以前の都です」

「つまり、先ほどの蜃気楼はかつての都の光景だと――？」

目を見開く天海に、竜晴はゆっくりとうなずいた。

「聞いたところでは、数日前の蜃気楼には、天を衝《つ》くほど高い塔が見えたということでした。もしかしたら、それは今より後《のち》の世の景色だったのかもしれません」

「つまり、蜃気楼は、時を超えて景色を映し出すとでもおっしゃるのか」

あり得ぬ――と、天海は掠《かす》れた声で呟いた。

「数々の怪異を目にしてこられた大僧正さまが、『あり得ぬ』とおっしゃるのですか」

天海は恨めしそうな目で竜晴を見る。

「賀茂殿は落ち着いておられるがな。時を超えるとは、どんな悪霊や妖の引き起こす事件より恐ろしく、不可解なものだ。拙僧ごときが理解の及ぶことではない」

「無論、私とて理解が及ぶわけではありません。ただ、蜃気楼は幻の世界。ならば、時を超えた幻を見せる蜃がいても不思議はないと、この度の一件から考えるに至ったのです」

天海は再び、むむと唸りながら腕を組むと、静かに目を閉じた。しばらくの間、そうしていたが、やがて目を開けると、居住まいを正し、

「出立《しゅったつ》を、今しばらく待ってもらうわけにはまいらぬか」

と、急に言い出した。

竜晴の後ろで、それまでおとなしくしていた抜丸の雰囲気がにわかに変わる。小

鳥丸を見捨てろと言うのか――口には出さずとも、抜丸の言わんとすることが、竜晴にははっきりと分かった。

「蜃気楼を見てしまった人々のことは、私も気になります。ですから、明日まではここに留《とど》まりましょう。小烏丸のように姿を消す人が出た時は、対策も考えねばなりません。とはいえ、その場合でも、私が小烏丸を追うことは、事態の解決につながると思いますが……」

「それは分かる。だが、鵺を倒した今、拙僧には果たさねばならぬ役目がある。迷いもあったが、再びの蜃気楼の出現で覚悟が決まった。かくも脅威のはびこるこの世において、躊躇《ためら》いは命取り。敵は力を尽くして叩《たた》かねばなるまい」

竜晴にというより、自分自身に言い聞かせるように天海は言った。

「どういうことでしょう」

「九州の騒動の件だ」

天海の眼差しはいつになく険しかった。

「島原《しまばら》で勃発《ぼっぱつ》した暴動のことでございますね」

鵺が薬師四郎《やくししろう》と呼ばれる少年に化け、江戸の町を混乱に陥れたのと時を同じくして、九州の島原では天草《あまくさ》四郎と呼ばれる少年を担いだ反乱軍が蜂起《ほうき》した。四郎という名が同じだったため、当初はつながりも想定されたが、薬師四郎が鵺であったと判明した以上、連携はないと考えていいだろう。怪異とは協力し合うものではないからだ。

「だが、天草四郎が鵺に操られていたこともあり得よう」

天海は暗い眼差しで言った。

「それならば、鵺が退治された時点で、天草四郎に影響が出ているはずです。その場合、おそらく天草四郎は生きていないと思われますが」

「残念ながら、さような知らせはない」

「ならば、天草四郎は鵺とは関わりないのでしょう。鵺が四郎と名乗ったのは、我々人間《ひと》をいっそう混乱させるため。天草四郎については、人の世のこととして対処なさるのがよろしいかと」

天海はじっと竜晴の目を見据えると、

「天草四郎を調伏《ちょうぶく》いたす」

と、揺るぎのない口ぶりで告げた。

「調伏とは、呪い殺すということですか」

竜晴の不穏な言葉の問いかけにも、天海は眉一つ動かさず、

「さよう」

と、答えた。

「調伏ならば、拙僧が島原まで行かずとも、この江戸で行使できる。されど、やはり力が足りぬ。賀茂殿には拙僧に力を貸してもらいたい」

「天草四郎は怪異ではありません」

「異国の神を信じておるそうな。あれは邪教《じゃきょう》であろう」

「邪教と決めたのは、太閤《たいこう》さまや権現《ごんげん》さまでしょう。それ以前は邪教ではありませんでした」

事実とはいえ、為政者への非難と受け取られかねない物言いだ。それを咎《とが》めることもできたはずだが、天海は無言であった。

「私は切支丹《きりしたん》の是非について、いかなる考えも持ってはおりません。ですから、そのことは脇へ置いてお聞きください。天草四郎が何を信じていようとも、ただの人を調伏するのは、術者として決して侵してはならぬ領域だと、私は考えます」

「天草四郎に、異国の神が憑《つ》いていたとしてもか」

「そもそも、切支丹の神は人に憑くことなどありますまい」

八百万《やおよろず》の神をいただく神道と異なり、切支丹が一神教であることは、竜晴も知っていた。だが、天海はかたくなに首を横に振る。

「天草四郎は盲《めし》いた少女の目を治し、海の上を歩いて渡ったそうな。他にも、数々の奇瑞《きずい》を示したという知らせを受けている」

異国の神が憑いている恐れは十分にあると、天海は言い張った。そうでなくとも、無知蒙昧《むちもうまい》な者たちから崇《あが》められる四郎を生かしておくのは危険である。四郎がいなくなれば反乱軍はすぐさま瓦解するはずで、たった一人の命で大勢の者たちを救えるのならむしろ望ましい、と天海は持論を述べた。

「私の考えは大僧正さまのお考えとは異なります。ですから、お力を貸すことはできません」

竜晴は静かな声ではっきりと告げた。

「賀茂殿は、私に力を貸すとお約束してくだされたではないか」

天海は取りすがるように言う。

「あれは、この江戸を守るためのお約束でした。島原の騒動について、私がお力を貸す謂《いわ》れはありませんし、調伏には断じて賛同できません」

「たとえ賀茂殿が力添えしてくださらなくとも、拙僧はやらねばならぬ。それが上さまをお守りする拙僧の役目だからだ」

「島原の騒動で、公方《くぼう》さまの御身《おんみ》が危うくなることはありますまい。それより、大僧正さまが調伏なさることで万一にも呪詛返しに遭《あ》えば、どうなることか。その場合は術者の命が失われます。それこそがこの先、公方さまの御身を危うくすることなのではありませんか」

　竜晴が口を閉ざした後、しばらくの間、沈黙が落ちた。ややあってから、天海は苦しそうに口を開く。

「今は、開府以来の未曾有《みぞう》の苦難、我が命を捧《ささ》げるに値する」

　天海の考えは変わらぬようであった。そして、竜晴の考えも初めから変わっていない。

「申し上げるべきことは申し上げました。これにて失礼いたします」

　竜晴は一礼し、立ち上がった。引き止める言葉も別れの挨拶も、天海の口から聞くことはできなかった。

三

寛永寺を出てから、人目のないところに至ると、

「私は立ち寄るところがあるゆえ、お前はここから先に帰ってくれ」

竜晴は後ろをついてくる抜丸に告げた。

「泰山の来るのが私より早ければ、少し待たせておいてほしい」

玉水を通せば泰山に意を伝えることができる。それだけ言うと、竜晴は抜丸と別れて上野山を去った。

小烏神社に帰り着いたのは夕方も近くになってからだったが、泰山はまだ来ていないという。

抜丸と玉水は庭をうろうろしながら、竜晴の帰宅を待っていたらしく、玉水などは竜晴の姿を見るなり泣き出しそうな顔をした。小烏丸が姿を消し、不安を募らせていたのだろう。

「さすがに少し腹が空《す》いたな。何か食べるものを用意してくれ」

竜晴が言うと、

「は、はい！」

玉水は跳びはねるような勢いで返事をし、すぐに台所へと走っていった。

「玉水の奴《やつ》、竜晴さまがお帰りになるまでは、自分も食わぬと言い張って、昼餉《ひるげ》も食べていなかったんです」

と、抜丸がこっそり告げた。

「それは、さぞかし腹を空かせていたことだろう。玉水は大食いだからな」

本性が狐である玉水はとにかく米が大好きで、竜晴の何倍も食べて遠慮ということを知らない。物を食べない付喪神の抜丸は、玉水の食べっぷりと図々しさに日頃からあきれていた。

竜晴は抜丸の人型を解いて、いつも通りの白蛇の姿に戻してやった。抜丸はすると薬草畑に這っていく。竜晴が帰るまで何も手につかなかったのは玉水と同じらしく、今になって薬草の世話を思い出したのだろう。

それから、竜晴が玉水の用意した握り飯と油揚げの味噌汁《みそしる》を口にし、ようやく一息吐《っ》いた頃、泰山がやって来た。

「朝は取り乱してすまなかった」

泰山はまず詫《わ》びの言葉を口にしてから、縁側に腰を下ろそうとする。

「もう寒いから、中で話そう」

竜晴は泰山を部屋の中に招き入れると、玉水の運んできた温かい麦湯を勧めつつ、話を始めた。

「お前自身、具合が悪いところはないのだな」

竜晴はまず泰山に問うた。泰山とて、一度目の蜃気楼を見てしまった被害者の一人である。

「うむ、私は何ともない。私と同じく、一度目の蜃気楼を見た人々も無事なようだ」

患者宅を回りつつ、その同居人や近所の人たちに話を聞いて確かめたという。

「それに、今朝の蜃気楼を見てしまった人にも幾人か会ったが、特に変わった様子は見られなかった」

そうした現状を自分の目で確かめ、泰山も落ち着きを取り戻したと見える。

「お前の方もいろいろと調べていたのだろう」

泰山から訊かれ、竜晴は「うむ」と答えた。

「まず、蜃気楼は蜃という大蛤によって生み出される。ただし、ふつうの蜃気楼は見たところで、どうなるものでもない。先日の蜃気楼は、鵺が蜃の力を使って生み出したものゆえ、災いをもたらしたのだ。だから我々で鵺を倒したのだが、蜃のことは放っておいた。蜃は鵺に利用されただけと考えたからだ」

「なるほど。その蜃は鵺が倒された後も江戸に陣取っていたのだな。今朝の蜃気楼はそやつのしわざというわけか」

泰山が腕組みをしながら考え込むように言う。

「ただし、完全に鵺の支配を脱したのかどうか、気になったゆえ、今日確かめてきた。その結果、今の蜃が人に悪さを働くことはないと分かった」

「ということは、今朝の蜃気楼は心配するには及ばぬということだな」

「人に対しては、な」

すでに今朝の蜃気楼では、小烏丸の失踪《しっそう》という被害が出ている。しかし、それを泰山に話すことはできず、説明を省かざるを得ない。

「それは……どういうことだ」

案の定、泰山は混乱したようであった。

「蜃は鵺の支配を受けていたせいで、人でたとえるなら、心を喪失したような状態になっているのだ。いずれは元に戻るだろうが、今はまだ正常ではない。蜃気楼とは本来、この世のどこかの景色を映し出すものだが、今の蜃はこの世ならぬ別の世界を映し出している、と言えばいいだろうか」

「うーむ。お前の話は難しいが、その蜃は意図せずして妙な力を付け、ふつうとは違う蜃気楼を生み出した、ということか」

「そうだ。つまり、今朝の蜃気楼は現実《うつつ》ではない幻の世界を映していたのだが、ここに私の知るもの——人間ではないものと考えてくれ——が入り込んでしまった。蜃が悪さを働いたのではなく、別の力が働いたようだが、いずれにしても、私はそのものを救い出しに行かねばならぬ。ゆえに、しばらくここを離れるつもりだ」

竜晴の言葉に「えっ」と小さな声を上げたのは、泰山ではなく、そばにいた玉水であった。

「玉水よ、聞いた通りだ。お前にはこの社を守ってもらう。無論、必ず戻ってくるから心配はいらない」

「でも、宮司さま。しばらくってどのくらいですか」

玉水は再び泣き出しそうな目になって訊く。

「もちろん、できる限り早く帰ってくる」

はっきりと数字で示した方が玉水も安心するのだろうが、そのためだけに、あやふやな言葉を口にすることはできなかった。

「竜晴」

その時、泰山がいつになく重々しい声で呼びかけてきた。

「お前が無事に帰ると言う以上、きっとその通りになるだろう。それを疑ってはいない。だが、今の事態はお前にとっても一大事なのではないか。お前は不安などは決して口にしない男だが、私にはそう思えてならない。いや、そんなことはどうでもいいんだ。ええい、何が言いたいかというと……」

話が脇へそれていきそうになり、途中、自らを叱咤《しった》する掛け声をかけたりしたものの、

「お前と一緒に、私を連れていってほしい」

最後は一気に、泰山は言った。

「これから向かうところは、お前の思いも及ばぬ世界だ。そのことは伝えたつもりだが……」

「うむ。それはさすがに、私でも分かった」

「どれだけ長くなるかも分からない」

「それも、玉水とのやり取りで分かった」

「お前には、お前を待つ患者さんがいるだろう」

竜晴が切り返すと、泰山は少し考え込む表情を浮かべたものの、

「出立はいつだ。まさか今夜発《た》つというわけでもあるまい」

と、尋ねてきた。

「今朝の蜃気楼を見た人たちが無事であることは確かめたい。前回の蜃気楼で症状が出たのは翌日の夕方。だから、明日まではいる。早くとも、出立は明後日《あさって》以降となる」

「それならば大丈夫だ」

と、泰山は破顔した。

「江戸に医者は私以外にもいる。患者さんたちのことは他の医者に頼んでいけばいい」

　泰山の決意は、竜晴の考える以上に固いようであった。

「玉水、そこの障子を開け、抜丸を中に入れてくれ」

と、竜晴は玉水に目を向けた。

「ええ？」

　玉水が困惑した表情を浮かべる。抜丸の存在はこれまで泰山には知られていない。白蛇の姿を見たことはあっても付喪神とは知らず、抜丸の人型は見えないのだから、当たり前だ。

「かまわないから、今の抜丸を中へ呼んでくれればいい」

　竜晴は玉水に告げた。

「……はい」

　玉水は立ち上がり、縁側の障子を開け、「抜丸さん」と外に声をかけた。

「宮司さまがお呼びですので、中へどうぞ」

　抜丸はこちらの会話を聞いていたようで、待つまでもなく、するすると中へ入ってきた。

「お、この蛇は見たことがあるぞ」

泰山はすぐに言った。

「いや、待て。今はもう冬だ。蛇は眠りにつく季節ではないのか」

「そうだ。蛇がいることからしておかしい。それ以前に、玉水や私の呼びかけに応じていることからしておかしいだろう」

竜晴は言い、印を結ぶと泰山に向かって呪を唱えた。

心眼《しんがん》を見開き、真《しん》の理《ことわり》を見よ
世の理を知り、真に目覚めよ
ノウマク、サマンダ、ボダナン、オン、ボダロシャニ、ソワカ

「な、何だ」

断りもなく呪をかけられ、泰山は慌てている。だが、竜晴が呪を唱え終わっても、何も起こらず、泰山は自分の手を開いたり閉じたりしながら、首をかしげた。

「抜丸、返事をしてくれ」

「はい、竜晴さま」

抜丸が返事をした。

「何ぃ！」

泰山が抜丸に向けた目を大きく見開いている。

「今、返事をしたのは、この白蛇か」

泰山に今初めて、抜丸の声が聞こえたのだ。

「そうだ。抜丸という。お前がこの社へ来る前から、ずっと私と暮らしていた。いや、私が生まれる前からこの社にいた刀の付喪神だ」

「つ、付喪神？」

「もう何百年と生きている。そして、もう一柱《ひとはしら》、小烏神社には刀の付喪神がいた。名も神社と同じ小烏丸といい、通常はカラスの形をしている。前に、怪我《けが》をしたカラスの治療をお前に頼んだことがあったが、あのカラスが小烏丸だ」

「……そ、そうか。いつも庭の木にとまっていたのが、その小烏丸だったのだな」

すぐには信じがたい話のはずだが、それをどう受け止めたのか、泰山は腑《ふ》に落ちたという表情を浮かべている。

「思いのほか驚かないのだな」

「驚いたとも。飛び上がらんばかりに驚いた。だが、心のどこかでは妙に納得する気持ちもあった。ああ、そうだったのかというような……」

自分を納得させるように幾度かうなずいた後、泰山は真剣な眼差しを竜晴に向けて続けた。

「お前が捜しに行こうとしているのは、その小烏丸なのだろう」

「そうだ」

竜晴は泰山の目を見返し、しっかりと答えた。

「小烏丸ならば、私にも縁がある。あのカラスが……いや、付喪神さまが危ない目に遭っているというのなら、私も助けたい」

「訊くのは最後だ。本当にいいのだな」

「お前の邪魔はしないし、きっと役に立ってみせる」

泰山もまた、きっぱりと返事をする。

「分かった。ならば支度《したく》を調《ととの》え、明後日の朝、ここへ来てくれ」

竜晴の言葉に、「承知した」と泰山は答えるなり、すぐに立ち上がった。

「忙しくなりそうだから、明日は失礼するが、かまわないか」

「うむ。万一、蜃気楼を見た人に異常があったら、知らせてくれ」

「もちろんだ」

「お前からの知らせがなければ、何もなかったと考える。その時は明後日の出立を試みる」

「分かった」

と、勢いよく答えた泰山は玉水に目を向けた。

「そういうことだから、明日も含めて畑のことは玉水に頼みたい」

「あ、はい」

と、玉水の返事が一瞬遅れる。すると、泰山は少し沈黙した後、その目を抜丸の方へと向けた。

「……そうか。畑の世話をしてくれていたのは、抜丸殿だったのだな」

「医者先生もやっと気づいたか」

抜丸が満足そうに言った。

「ん？　医者先生とは私のことか？」

目を白黒させつつ泰山は言い、とりあえず抜丸に頭を下げた。

「では、抜丸殿、よろしく頼む。玉水に世話のやり方を教えるのもお任せしてよろしいか」

「仕方がない。私にすべて任せておけ」

抜丸は鎌首をもたげて言った。

「ありがたい」

泰山は抜丸に深々と頭を下げてから帰っていった。

こうして、竜晴と抜丸、泰山は小烏丸を捜すべく、共に江戸を発つことになったのだった。

二章　二人の医者

一

　翌日、例の蜃気楼を見た江戸の人々に、異常が現れることはなかった。泰山からの知らせはなく、念のため町へ様子を見に出かけた抜丸と玉水も、特に変わったことはないと言う。夜まで待っても何も起こらず、あの蜃気楼の世界にとらわれたのは、小烏丸だけと考えてよいようだ。

　その次の日の朝早く、泰山は用意を調えて小烏神社へ現れた。いつもの薬箱の他、風呂敷包みを抱えている。

「何があるか分からんからな。薬はなるべくたくさん持っていくことにした」

　荷物の大半はどうやら薬剤らしい。片や、竜晴は抜丸の本体より他に持っていくものはなかった。

「抜丸殿は？」

泰山は足もとをきょろきょろと見回しながら訊いた。

「抜丸はこれだ」

竜晴は帯にさした刀を示して言った。

「ああ。そういえば、刀の付喪神と言っていたな」

泰山はようやく合点《がてん》のいった表情になる。

「察しの通り、これが抜丸の本体だ。付喪神は本体から離れて動き回ることもできるが、力を回復するため、本体に戻ることも必要となるからな」

竜晴の言葉に応じるかのように、抜丸の刀身が鞘《さや》の中でかたかたと音を立てた。

「小烏丸も刀という話だったが、そちらは持っていかなくてよいのか」

「うむ。小烏丸の本体は私の手もとにはない。蜃気楼の中に持っていかれたわけでもないが、そちらはおいおい話すとしよう。まずは、小烏丸のいる場所を目指さなければならない」

という竜晴の言葉に、泰山も承知し、出かけることになった。

「これから行くのは四谷《よつや》の千日谷《せんにちだに》の洞穴だ」

「おお、そこは例の薬師四郎、いや、鵺が根城にしていたところだな」

法螺《ほら》抜《ぬ》けがあったと言われるその洞穴には、泰山も行ったことがある。鵺と手下の人間たちは、泰山が訪ねた後すぐ、そこから姿を消してしまった。ややあって、再び戻ってきた機を逃さず、竜晴と天海たちで退治したのである。

「今はそこに蛩が住み着いている」

竜晴がそう言うや否や、

「私も、そこまではお供させてください」

と、玉水が竜晴の袖にしがみつきながら、必死に訴えてきた。

「帰りはお前一人になってしまうが、戻ってこられるのか」

玉水はあまり外へ出たことがない。神社周辺は買い物に出ることもあったが、遠い場所となれば不慣れなはずだ。

「四谷は馴染《なじ》みがありますし、大丈夫です。それに、行く道々、目印を付けていきますから」

玉水は袖の中から団栗《どんぐり》をひとつかみ取り出して言った。見れば、両袖が重そうに垂れている。どうやらそこに団栗を詰め込んでいるようだ。

「鳥や獣に食べられてしまうと目印にならぬが、それだけあれば何とかなるか」

出発前の竜晴や抜丸を煩わせぬよう、玉水が独りで一生懸命考えたことらしい。

竜晴は玉水の頭に手をやり、「よかろう」と答えた。

「だが、目印に頼り切らず、自分でも道を覚えるように。万一迷ったら、上野の小鳥神社への行き方を人に訊くこと。それで埒《らち》が明かない時は、寛永寺への道を訊けば誰でも教えてくれよう。寛永寺では私の名を出して、大僧正さまを頼りなさい」

竜晴の忠告を、玉水は真剣な表情で聞いている。

天海とは一昨日《おととい》のやり取りで、考えが対立して以来、和解はしていなかった。だが、天海は玉水のことを、その正体も含めて知っているし、無下《むげ》にすることはないだろう。

「その、今さらなんだが……」

竜晴が玉水への話を終えたところで、泰山がおずおずと口を挟んできた。

「念のために訊いてもいいか。玉水は……その、人間《ひと》なのか」

前々から変わった子供だと思ってはいたが、一昨日、抜丸の正体を明かされ、もしやと思い始めたという。そういえば、先日は抜丸と小烏丸の正体を明かすことだけにとらわれ、玉水のことは打ち明けていなかった。

「お前の予想通り、玉水は人間ではない。気狐という格の、いわば狐の霊だ。本来は穀物の神である宇迦御魂《うかのみたま》を主《あるじ》としている」

「宇迦御魂さまは、ふだんは四谷の社にいらっしゃいます」

玉水がどことなく誇らしげに言い添えた。

「なるほど。それで四谷は馴染みがあると言ったのか」

泰山は自分を納得させるようにうなずき、もうそれ以上は口をつぐんだ。

「あのう」

泰山の問いかけが終わると、今度は玉水が躊躇《ためら》いがちに切り出した。

「花枝《はなえ》さんと大輔《だいすけ》さんには、何もお知らせしないでよいのでしょうか」

「……ふむ」

竜晴は改めて考え込んだ。

花枝と大輔は小烏神社の氏子の姉弟《きょうだい》で、家は大和屋《やまとや》という旅籠《はたご》を営んでいる。しばらく社を留守にする以上、氏子の人々へそれを知らせるのは宮司の義務だ。だが、急な出立となった上、蜃気楼で江戸の町が騒々しい時でもあったから、竜晴は氏子の人たちに宛てて書簡をしたため、玉水に預けておいた。

とはいえ、頻繁に小烏神社へ足を運んでくれる花枝と大輔には、書簡だけでは不十分だと玉水は言いたいようだ。もしも昨日のうちに二人と会えたなら、竜晴も事情を話して、しばしの別れを告げるつもりであった。が、二人は神社に来なかった。おそらく一昨日蜃気楼が現れたのを受け、親が用心して外出を止めたのであろう。

「花枝殿と大輔殿が社に来られたら、お前から伝えてくれ。私は泰山と共に、人探しの用件を請け負い、出かけたのだと――。氏子の方々への書簡にもそうしたためてある」

竜晴は玉水に告げた。玉水は「……はい」と答えたものの、悲しそうな目をしている。

「竜晴よ、お前、あの二人に何も話していないのか」

泰山が尋ねてきた。

「うむ。お前は何か知らせたのか」

竜晴が訊き返すと、泰山はつらそうに首を横に振った。

「昨日は、患者さんと知り合いの医者を訪ねるので精一杯だった。本当は、大和屋さんへも立ち寄りたかったが」

「そうか。私もこれから行使する術の準備で、大和屋さんをお訪ねすることはできなかった」

竜晴が言うと、泰山も仕方なさそうに溜息《ためいき》を吐いた。

「花枝殿と大輔殿は、悲しくつらい気持ちになるだろうか」

この場の誰かに問うたつもりではなかったが、

「なるに決まってます」

「当たり前だろう」

と、玉水と泰山が同時に答えた。一方、かたかたと鞘の中で音を立てた抜丸は
「大事の前の小事ゆえ、放っておけばよろしいかと」と独自の考えを伝えてくる。

「ふむ……。とはいえ、今は時もない。ゆえに、玉水よ。お前から詫びておいてくれ。加えて、私たちは必ず無事に帰ってくるとお伝えしてほしい」

「分かりました」

玉水は竜晴の目を見てうなずいた。

それから見送りの玉水を含め、一同は四谷の千日谷へ向けて出発した。

玉水は周囲の景色を覚えることと、団栗を落とすことに余念がない。出発して間もない頃、あまり距離を取らずに団栗を落とそうとするので、

「初めのうちに使ってしまったら、後でなくなってしまうぞ」

と、泰山から忠告され、その後は泰山が団栗を落とす頃合いを教えてやっている。

そんな道中もやがて終わり、一同は無事に千日谷へ到着した。

洞穴の前には縄が張られていたが、竜晴は何の躊躇いもなくそれを外し、中へと入った。

「おお、ここは温かいな。それに、妙に湿っぽい」

泰山が辺りを見回しながら言う。

「お前は前にもここへ入った時、同じように感じたと言っていた。あの時と変わらないか」

「ああ、薬師四郎がいた時だな。あの時より、温かさも湿っぽさも強まっているような気がする」

そう答えながら、泰山は首をひねった。

「蜃がここにいるというなら納得だが、姿が見当たらないぞ」

「確かに誰もいません」

玉水がぴょんぴょん跳びはねながら、洞穴の壁を叩いたり触ったりしている。

「おい、あまりむやみに触ったりするな」

泰山が玉水を注意した。

「泰山の言う通りだ。己の理解が及ばぬものに対しては、慎重でなければならない」

竜晴が言うと、玉水はぴたりと動きを止める。玉水がそばに駆け寄ってくるのを待ち、竜晴は印を結んだ。

「心眼を見開き、真の理を見よ……」

と、先日泰山にかけたのと同じ呪を唱え始める。

「うわわ」

やがて、玉水の口から驚きの声が上がった。

ただの洞穴の壁と見えていた奥の部分に、突如、巨大な蛤の姿が現れたのだ。同時に壁と見えていたものは消え失せ、洞穴そのものが大きくなっている。

柔らかな丸みを帯びた巨大な蛤の殻は、縁の部分が白っぽく、それ以外は茶色っぽく見えた。大きさは、殻高《かくこう》（殻頂から垂直に下ろした長さ）が二間《にけん》（四メートル弱）ほどもありそうだ。

「こ、これが蜃なのか」

「そうだ」

「まさに、大蛤だな」

泰山も玉水も目を見開いている。

「こんなに大きな蛤なのに、どうして今まで見えなかったんでしょう」

「この洞穴は、初めに見えていたよりずっと大きい。蜃はこの奥に住み着いているのだが、外からは見えないよう、見せかけの壁があったのだ。もともとは鵺がかけた術だろうが、一昨日、私がそれを破って、蜃の居場所を突き止めた。その後、もう一度、見せかけの術をかけたのだ」

蜃は呼吸をしている。殻の隙間からはみ出した肉がかすかに動き、わずかな呼気も漏れていた。警戒している様子は見えず、今も侵入者たちのことを分かっているのかどうか不明であった。

「この蜃は私たちを襲ったりしないのだろうな」

「うむ。私たちへの敵意はない。一昨日、ここへ来ていろいろ試したが、鵺の支配からも逃れているようだ」

「それなら、頼めば我々を小烏丸のもとへ連れていってくれるのではないか」

泰山が期待のこもった声を上げる。

「いや、それは無理だろう」

竜晴は冷静に言葉を返した。

「この蜃と意を通わせることは無理であった。おそらく、蜃とはそういう妖なのだろう」

人や鳥獣などこの世の生き物はもちろん、その他の妖や怪異、霊魂などとも別の次元に生きるものということだ。

「蜃がすることといえば、ただ息をするだけ。時にその吐いた息から蜃気楼を生み出すも、それすら蜃の意によるものではなく、たまたまそうなるだけのようだ」

「では、この蜃は自分の考えで鵺と手を組んだわけでも、自ら鵺に力を貸したわけでもないのだな」

「うむ。意を通わせることは、いかな鵺にも無理だったろう。ゆえに、鵺は蜃の力を奪ったのだ。鵺には別の妖を操ったり、その力を奪ったりすることができたからな。蜃はここに閉じ込められ、鵺に利用された。もっとも、大法螺貝が住み着いていたこの洞穴は、蜃にとっても居心地が悪くはなかったろうが……」

「だが、ただ呼吸し、たまたま蜃気楼を吐くだけの生き物に、どうやって小烏丸のいる世界へ連れていってもらうのだ。お前はこの蜃の力を使って、そちらの世界へ行くつもりなのだろう？」

泰山が困惑気味の様子で問うた。

「うむ。蜃が蜃気楼を生み出すことは日に幾度かある。江戸湾に現れるほど大きなものはごく稀《まれ》だが、小さな蜃気楼でも問題ない。それを使って、小烏丸を追いかける」

竜晴の言葉に、泰山はなおも首をかしげている。

「だが、蜃気楼の景色など無数にあるだろう。小烏丸が行ったのと同じ世界の景色が映るまで、待つというのか」

「そんなものを待っていたら、何百年先になるか分からん。しかし、同じ蜃の吐き出す蜃気楼なら、それらはつながっている。同じ木に咲いた花が同じ色をしているように、同じ木に実った果実が似た味わいであるように。同じ年の花と果実だけではない。十年前の実であっても、同じ木に実ったものなら、似た味がするはずだ」

「おお、そういうことなら話は分かった」

泰山はすっかり了解したという様子で晴れやかな笑顔になった。

「つまり、蜃気楼はこの蜃の子や孫のようなものなのだな。血縁者が似通っているのは当たり前だ。一見、似ていないように見えても、どこかに同じ特色を備えている」

そんな話をしているうちに、蜃の口がそれまでになく大きく開いた。

「あ、蜃が何か吐こうとしています」

玉水が大きな声を上げた。

「玉水よ、しばしの別れだ。神社と薬草畑をしかと頼んだぞ」

竜晴は告げ、玉水に少し離れているように続けた。

「宮司さまあ、抜丸さーん、泰山先生」

玉水が寂しげな切ない声を上げる。

「玉水よ、元気でな。しっかり物を食べて、健やかな日々を送るのだぞ」

泰山は慌てて玉水に言葉をかけた。

蜃の口が一尺（約三十センチ）ほど開く。これはふつうの呼吸をしていた時の三倍ほどの大きさだ。そして、開いた口からそれまでにない大きな息が吐き出される。その息にはどこかの景色が映っているが、ゆらゆらと揺れており、はっきりと見定めることはできそうにない。

「行くぞ」

竜晴は懐《ふところ》から呪符《じゅふ》を取り出すと、蜃の吐き出した息に向かって投げた。呪符が幻の景色の中に吸い込まれていく。間を置かず、竜晴と抜丸、泰山もまた蜃気楼の世界へ呑み込まれていった。

二

「竜晴さま」

竜晴は耳もとで蠢《うごめ》くものの気配を察し、その声を聞いた。抜丸かと思いながら目を開けると、案の定、白い蛇の姿が飛び込んできた。

付喪神の抜丸は蜃気楼の世界に移動した後、本体の刀から出てきたらしい。

「抜丸は無事か。泰山は……」

竜晴は首をめぐらした。

「医者先生はすぐそこに」

抜丸は答えて、竜晴の左側へにゅっと鎌首をもたげた。そちらには泰山が尻餅をついている。

どうやら、四谷の洞穴からいずこかの世界へ移ることには、成功したようであった。

「おお、竜晴。ここはどこなんだ」

泰山は興味津々という様子で、辺りを見回している。どこかの大通りのようであったが、歩いている人々の姿は江戸の町民たちとはずいぶん違っていた。

男は頭に烏帽子《えぼし》をのせ、女は髪を結い上げず、一つに縛っているだけだ。着ているものはどれも簡素で、色合いも地味だった。

(小烏丸は、自分の知る都と言っていたが……)

その通りならば、ここは平家一門が栄華を誇っていた時代なのだろうか。答えは、同じ時代を知る抜丸に訊くのがいちばんだろう。

「抜丸よ。ここはお前の知るかつての都だと思うか」

「はい。都であることは間違いないと思います。いつの頃と、はっきり申し上げることはできないのですが……」

抜丸は鎌首をあちこちの方向へめぐらした後、

「見たところ、かなり古い時代ではないかと思われます」

と、言い添えた。

「竜晴、あそこに牛車が走っているぞ。見るのは初めてだ」

泰山が昂奮気味の声を上げた。その声が意外に大きかったためか、道を行く人々が遠巻きにこちらに目を向けている。

「泰山、少しあちらへ」

竜晴は立ち上がると、泰山を連れて小さな道へと入り込んだ。

「お前も察したと思うが、ここはおそらく昔の世であるのだろう」

「うむ。江戸でお前に言われた時は、とうてい受け容《い》れがたい話のように思えたが、こうして目の前に見せられると、もはや信じないわけにはいかない。理屈は分からないが、我々は今、過去の世にいるということなのだな」

「そうだ。差し当たっては、我々の格好をどうにかしなければならない」

竜晴は真剣な口ぶりで告げた。

「格好か。ふうむ」

泰山は自らの着物をまじまじと見たが、何を指摘されているのか、よく分かっていないようだ。

「お前、通りを歩く人々の格好を見たか」

「まあ、見たが……。古い時代というだけあって、皆、貧しそうだった。もしや、我々の着物が高そうなので、追いはぎにでも遭いかねないということか」

正解にたどり着いたかのように言っているが、泰山の目の付けどころは間違っている。

「医者先生よ」

抜丸があきれたように言った。

「着物は多少風変わりでも見過ごされるものだ。第一、医者先生の着物は古着であろう。この時代の追いはぎが目を付けるほどのものではない。竜晴さまがおっしゃっているのは、頭の上のことだ」

「頭の上……？　ああ、皆が頭にのせているのは烏帽子か。侍《さむらい》が登城の際に着けるものだな」

泰山はようやくそこに思い至ったようであった。

「この時代は、公家、侍、庶民を問わず、成人した男なら烏帽子を被《かぶ》るものだ。身分や地位によって形が違うが、とにかく着けていないのは異様に見られる」

「そうですね。うっかり烏帽子が頭から落ちてしまったりすれば、いい物笑いの種にされました」

抜丸が訳知り顔で言い添える。

「うわあ。そうだとしたら、我々の格好はいい恥さらしなのではないか」

「その通りだ。とりあえず烏帽子を手に入れねばならないが、それまでは大っぴらに姿を見せぬ方がいい」

「竜晴さま」

抜丸が這い寄ってきたので、竜晴は抜丸を掌《てのひら》にのせた。

「私を人型にしてくだされば、どこぞで仕入れてまいりますが」

「それはつまり、勝手に取ってくるということか」

「緊急ですから仕方ありません」

「いや、勝手に取ってくるのはよくないだろう」

泰山が抜丸の考えに反対した。抜丸が泰山をじろりと見る。

「だったら、医者先生がその格好でどこかへ行き、仕入れてくるがよい。ところで、この時代の貨幣はあるのか。それに、ここではたやすく買い物なんてできぬぞ。お金と物を交換したいなら、市《いち》が立つ日まで待たなくてはなるまい」

「むむ、そうなのか」

抜丸の言葉に、泰山は押され気味である。

「まあ、臨機応変に行動するのは大切だろう。しかし、抜丸を人型にすることはできない」

竜晴の言葉に、抜丸が目をぱちぱちさせた。

「どういうことですか。やはり、勝手に物を取ってくるのはよくないとお考えでしょうか」

「いや、ただ単に、人型にする術を施せないというだけだ」

「どうしてですか」

抜丸が驚いた声で訊き、泰山も竜晴に目を向ける。

「たった今、蜃気楼の中で小烏丸の跡をたどり、さらにこの世界へ移動する術を施したばかりだ。これには膨大な呪力の行使を強いられた。力を高める呪符も使い、何とか移動はできたものの、もはや私に術を使う力は残っていない」

「呪力が使えなくなったというのか」

泰山は驚きの声を放ったものの、

「だが、お前も私も抜丸殿と話ができているぞ。これは呪力ではないのか」

と続けて、首をかしげている。

「付喪神の声を聞くのに呪力は要らぬし、お前の術は解かぬ限り続くはずだ。それに時が経てば、私の呪力も回復する」

大きな術を行使すれば、反動があることは予想できた。とはいえ、この状態になったのは竜晴も初めてのことである。

「お前は何があっても落ち着いているのだな」

半ばあきれた様子で、泰山は呟いた。

「ですが、竜晴さまの烏帽子はいかがいたしましょう。竜晴さまに恥を忍べと申し上げることはできません」

抜丸が身をよじらせながら言う。

「竜晴、竜晴って、私はどうでもいいということか」

泰山がぼやいた。

「医者先生は私の主人ではないので、知ったことではない」

泰山の独り言を聞きつけ、抜丸が冷たく言う。

「暗くなるのを待ってから、場所を移してもいいが、ここがどこで、今がいつの時代なのか、そのくらいは把握しておきたいところだ」

竜晴の言葉に、抜丸は「かしこまりました」と答えた。

「それでは、私が近くの邸にでも忍び込んで、様子を探ってまいりましょう。人はおしゃべりなものですから、彼らの会話を盗み聞けば、ある程度のことは分かると思います」

抜丸が忠義に厚いところを見せる。

「うむ。あまり無理はしないでくれ。それと、私の術がうまく作用していれば、小烏丸の近くに移動できたはずだ。この近くにいる見込みも高いゆえ、できるだけ小烏丸の気配も探ってきてほしい」

今の竜晴は小烏丸の気配を追うことすらできない。竜晴は抜丸をそっと地面に下ろした。すると、抜丸は邸の塀に沿ってするすると這い進み、やがて塀の隙間から邸の敷地内へと入り込んでいった。

「まあ、しばらくはここで待つとしよう」

竜晴は塀に身を預け、泰山に言った。

「お前、術を行使したせいで、疲れているのではないか」

泰山が竜晴の顔をのぞき込みながら訊いてくる。

「そうだな。少し疲れたかもしれない」

「なら、座った方がいい」

泰山の言葉に従い、竜晴は背を塀に預けたまま、その場に腰を下ろした。泰山は途端にきびきびした動きで、薬箱を開けると紙包みを一つ取り出す。

「これは麻黄《まおう》という草の茎を細かくしたものだ」

と、泰山は告げた。

「寒気や咳を止めるといった効《き》き目があるが、気力の回復にも使われる」

「貴重なものではないのか」

「この国では採れないから貴重ではあるが、今のお前には入用《いりよう》なものだ。だが、せめて水がなくては……」

さすがに飲み水までは、泰山も用意していなかったようだ。

「ここの邸で井戸を貸してもらえないかな」

延々と続いている塀を見ながら、泰山は呟いた。かなり広い敷地がありそうだから、有力な公家か武家の邸かもしれない。

「ならば、抜丸が戻ってくるのを待とう。この邸の中へ入っていったからな」

井戸の水をもらうくらいなら、下働きの者に声をかければ何とかなるはずだ。そんなことを語り合っているうちにさらなる疲れを覚え、竜晴は少し目を閉じた。

「おい、竜晴。しっかりしろ」

泰山に呼ばれて、竜晴は目を覚ました。

少し意識が遠のいていた自覚はあったが、そんなに長い間とも思えない。それなのに、目の前の光景には、すぐに理解が追いつかなかった。

（泰山が二人いる）

抜丸の姿も見えた。抜丸は一匹――一柱だけだ。すべてのものが二重写しになって見えるわけではない。では、なぜ泰山だけが二人も見えるのだろう。

混乱しつつも、竜晴は二人の泰山の様子を念入りに見つめた。よく見れば、彼らはまったく同じというわけではない。

似ているのは顔立ちや体つきだけで、着ているものが違う。また、片方は揉《も》み烏帽子をのせているが、もう片方は何も被っていなかった。被っていない方が竜晴の知る泰山だ。では、いかにもこの時代の人という格好をしたもう一人の泰山は、いったい何者なのか。

「これをお飲みなさい」

泰山に似た揉み烏帽子の男が竜晴に言い、竹筒を口にあてがった。冷たい水が口に注ぎ込まれる。水が喉に達すると、少し噎《む》せたが、やがて水の潤いに癒《い》やされていくのが分かった。

「これを飲めるか」

泰山が先ほど竜晴に見せた紙包みを渡す。

「麻黄だ。少し汗が出るが、気力が戻る」

竜晴がうなずくと、泰山が包みの中身を口に入れてくれた。竹筒の水でそれを流し込む。

「烏帽子も失《な》くされ、何やら訳ありのご様子。こちらの方は相当弱っておられるし、このままにもしておけない。ひとまずは我が家へ参られよ。お二人だけなら牛車で運んで差し上げよう」

「よろしいのですか」

泰山が遠慮がちに問うた。

「そなたのことは何やら他人とも思えぬ。聞けば氏《うじ》も同じで、名も近しい。同じ一族の者と考えるのが妥当であろう」

泰山に似た男が言い、泰山はその親切を受け容れることにしたようだ。

「ところで」

泰山が竜晴を背負い、牛車へと移動しようということになったところで、泰山に似た男が言った。

「そちらの刀に絡み付いている蛇は、追い払わなくてよろしいのか。初めは飾り物かと思ったが、動いているゆえ、本物の蛇であろう」

「あ、これは……その、連れの者が世話をしている蛇でして」

泰山がしどろもどろになりながら言い訳する。

「何と、蛇を飼っておられるのか、その御仁《ごじん》は」

「何分、変わり者で」

「念のために訊くが、毒などは持っておらぬのであろうな」

「それはないでしょう。それに、白蛇は縁起のよいものともいいますし」

「まあ、確かにそれは聞いたことがある」

泰山に似た男は呟き、一つ小さな溜息を吐いた。

「小松殿《こまつどの》がカラスを飼い始めた時にも驚いたが、世の中には妙な生き物を飼う御仁がいるものなのだな」

「カラスを飼い始めた？　その、小松殿とはどういうお方ですか」

泰山が驚いて問いかける。小松殿とは平重盛《しげもり》――小烏丸の元主人が暮らす邸の名であり、重盛自身の呼称でもある。だが、泰山は小烏丸の過去について、まだくわしい事情を知らなかった。

「小松殿は入道相国《にゅうどうしょうこく》（清盛）のご嫡男《ちゃくなん》ですよ。平家御一門の棟梁《とうりょう》ではございませんか」

「そ、その人のことを……」

と、泰山が言いかけた時、竜晴は閉じていた目を開け、泰山の袖を引いた。

今はまだいい。とりあえず、この泰山に似た男から離れず、相手から不審の念を抱かれぬようにするべきだ。

口に出して言うことはできなかったが、泰山にも伝わったようだ。

「あ、それでは、よろしくお願いします」

泰山は竜晴を背負って、男の牛車へと進んだ。そして、男の牛車に乗せてもらい、そのまま男の家へと向かう。

泰山によく似た男の家は、かなりの広さを持つ立派な寝殿造《しんでんづくり》の邸であった。

三

泰山に似た男は橘《たちばなの》泰陽《たいよう》といい、何とこの時代の医師《くすし》であった。「たちばな」の字は違ったが、同じ氏で、名まで近い。泰陽が泰山を同じ一族の者と勘違いしたのもうなずける。

年齢は泰陽の方が上で、三十路《みそじ》は超えているだろう。そんな泰陽は泰山のことを弟のように思うのか、

「いくらでも好きなだけ、いてくれていい」

とまで言い出したそうだ。

竜晴は泰陽の邸へ到着後、泰山と泰陽の診立《みた》てにより、しばらく休ませてもらった。泰山の言った通り、麻黄を飲んだ後はひとしきり汗が出て、その後はすっきりとした。眠気が訪れることはなかったが、数刻も経った頃には、不思議と疲労がなくなっていた。

「竜晴さま、お加減はいかがですか」

抜丸は横たわる竜晴の傍らに付きっきりで見守っていた。こんな時に人型となって竜晴の世話をしたいのに、白蛇の身ではもどかしいとばかり言っている。

「もう大丈夫だ。泰山のくれた薬がよく効いたのだな」

こうなると、泰山が一緒にいてくれたことがありがたい。

その泰山は泰陽にすっかり気に入られてしまい、今も何やら薬の話で盛り上がっているところだという。

「あの御仁は、医者先生のご先祖なんでしょうか」

「ここまで遠い時代となると、確かめようはないが、ああも似ているとそう考えるしかあるまい」

「ですが、医者先生と違って、あの御仁はたいそうお金を持っていそうです」

「ふむ。清貧とはだいぶ遠い暮らしをしているようだな」

竜晴が使わせてもらっている寝具――この時代は褥《しとね》という敷物に、掛布団代わりの衾《ふすま》をかけるのだが、いずれも高そうな布で装飾も豪華だった。竜晴の周りには几帳《きちょう》という目隠しの調度が置かれていたが、それも薄紫の上質な布でできている。

「どうやら小松殿に出入りしているようですから、重盛さまの医師なのかもしれません。そのあたりを医者先生に確かめてくるよう、申し付けておきました」

抜丸は泰山を自分の手下のように思っているようだ。

「私が探索に入った邸が小松殿だったのかもしれませんが、そこまで確かめることはできませんでしたので」

抜丸は無念そうに言う。あの時、竜晴のそばに泰山以外の人間が近付いたことを察し、抜丸はすぐに戻ってきたのだった。竜晴の持つ抜丸の本体を通して分かったらしい。

「この邸の主殿《あるじどの》が重盛さまの医師なら、小松殿に入り込むのが楽になります。私があの御仁に付いていって、小烏丸を捜してまいりましょう。小烏丸がこの世界にいるなら、おそらく真っ先に重盛さまのもとへ向かったでしょうから」

「そうだな。記憶が戻った以上、重盛公のもとへ馳《は》せ参じるのが道理だろう。それにこの時代なら、小烏丸の本体も重盛公のもとにあるはずだ」

「そうですね。あやつは本体を求めていましたし、付喪神と本体が引き寄せ合うことはあると思います」

抜丸はどことなく気まずそうに目を伏せて答えた。

小烏丸の居場所の見当がついたのはよいとしても、それは小烏丸が今の主人である竜晴を捨て、旧主である重盛に乗り換えたようにも見える。抜丸は、竜晴がそういう考えを抱くのではないかと気を揉んでいるようだ。

「あの、竜晴さま」

ややあってから、抜丸は思い切った様子で竜晴の顔をのぞき込んできた。

「あやつが記憶を取り戻したすぐ後、私は尋ねたのです。お前の主人は誰だと――。あやつは竜晴さまだと答えました。迷いのない様子で、はっきりとそう言ったんです」

「そうか。記憶が戻る前のことだが、私にも同じことを言っていた。重盛公がもういないことは分かっているし、伊勢《いせ》殿が重盛公の生まれ変わりだとしても、あの方が重盛公でないことは分かっているとな」

伊勢殿とは平家の血を引く旗本で、名を貞衡《さだひら》と言い、竜晴とも力を合わせて幾度も妖と戦ってきた。小烏丸は記憶を取り戻さぬうちから、貞衡に少なからぬ執着心を抱き、重盛の生まれ変わりではないかと疑っていたのだが……。

「それがあやつの本音だと思います。あやつは、忠義を尽くすべき相手は竜晴さまだと分かっているはずなんです。その、ここの世界へ来て、生きている重盛さまを目の前にして、もしかしたらほんの少し心が迷ってしまったかもしれませんが」

「……ふむ」

小烏丸が重盛を前に何を思い、その心がどう変化したのかまでは、竜晴には読み切れない。

小烏丸は心変わりしていないだろうし、仮にちょっとした気の迷いがあったとしても、自分はそれを咎めはしない——そう言えば、抜丸は安心するのだろう。だが、本心と違う言葉を口にすることは、竜晴にはできなかった。

(小烏丸が私から離れていくことは……決してないとは言い切れぬ)

竜晴自身はそう思っているのだから。

期待通りの返事が聞けなかったせいか、抜丸は沈んだ様子で、もたげていた鎌首を下げた。

その後はどことなく重い沈黙が落ちる。小烏丸がいた頃は考えられない静けさであったが、それも長くは続かなかった。

「おお、竜晴。顔色がずいぶんとよくなった」

泰山が泰陽のもとから戻ってきたからである。

「うむ。お前が飲ませてくれた麻黄のお蔭《かげ》なのだろう」

竜晴は上半身を起こし、改めて礼を言った。泰山は枕もとに置かれた布で、竜晴の額の汗を拭うと、掌をあてがい、「熱はないようだな」と言う。

「私はただ、術を使って疲労していただけだから、案ずるようなことでもない。それにしても、お前の処方してくれた薬はよく効いた」

「それはよかった。麻黄は異国で生える草の茎から作る薬だが、弱った体を回復するのに効く。あまり使いすぎると、体によくないこともあるのだが……」

　泰山はその後、竜晴にもう少し横になっているよう勧めたが、もう大事ないと竜晴は断った。

「ところで、こちらのご主人の素性はぼうっとしながらではあったが、牛車の中で聞いていた。橘泰陽とおっしゃる医師だそうだな。小松殿との関わりは分かったか」

「ああ。小松殿とは平重盛公のことで、かつ小烏丸の昔のご主人だったそうだな」

　泰山が抜丸から聞いたと知らせるためか、ちらと目をそちらに向けて言う。

「医者先生よ、前置きはいいから、早く竜晴さまの問いに答えるがよい」

　抜丸が泰山を急《せ》かした。「わ、分かった」と泰山は慌てた様子になり、竜晴に目を戻して語り始める。

「泰陽殿は小松殿だけでなく、平家御一門の方々を診ている医師なのだそうだ。もっとも、他にも平家御一門と付き合いのある医師は幾人もいるそうで、その中には典薬頭《てんやくのかみ》を代々務める丹波《たんば》氏も含まれるとか。丹波氏の先祖には丹波康頼《やすより》殿がいて、かの有名な『医心方《いしんぽう》』を書かれた方だ。丹波氏だけに伝えられた医術もあるというし、もし可能ならば、ぜひこの時代の丹波氏のご当主にお会いしてみたいもの……

わわ、何をするんだ、抜丸殿」

滔々《とうとう》としゃべっていた泰山は、急に抜丸がするすると膝から腕へと這い上がり、首もとまで迫ってきたことに、驚きの声を上げた。

「御一門に奉仕する医師の話など、誰が聞かせてくれと頼んだのか。竜晴さまがお聞きになりたいのは、小松殿のもとに小烏丸がいるかどうかと、小松殿に出入りするための手段である」

抜丸が泰山の耳もとに顔を寄せて言う。

「あ、そっちか。いや、順を追って話すつもりだったんだ」

泰山は言い訳がましいことを口にした後、話を続けた。

「竜晴も聞いていただろうが、小松殿は近頃、カラスを飼い始めたらしい。めずらしいので話題になっているそうだが、これが小烏丸のことだろう。何でも人馴れしたカラスらしく、小松殿の肩や腕にのったりするそうだ」

「間違いなく小烏丸であろうな」

と言って、竜晴は抜丸と目を見合わせた。

「それで、小松殿に出入りする手段はいかに」

抜丸がすかさず尋ねた。

「小松殿のお体の具合があまり芳《かんば》しくないとのことで、泰陽殿はほぼ毎日、邸へ伺っているそうだ。まあ、寝付くほどでもないため、ご休息を取るよう申し上げても、なかなか聞き容れてもらえぬと嘆いておられた。まったく、これは働き盛りの男の患者によくあることで、体の不調に目をつぶって、気力で乗り切ろうとする。同じ医者として、泰陽殿の嘆かわしい気持ちはよく分かる……うわ、抜丸殿。首に巻き付くのはやめてくれ」

泰山は悲鳴を上げた。

「ああ、小松殿への出入りの算段だな。だから、泰陽殿なら毎日出入りできる。とはいえ、泰陽殿に小烏丸への言伝《ことづて》を頼むというわけにもいかないだろうが……」

「それならば問題ない」

泰山の肩の上に移った抜丸が重々しく答えた。

「竜晴さま、私めが泰陽とやらに付いて、小松殿に参ります。あの御仁は牛車を使うようですから、車の轅《ながえ》にでも巻き付いていれば、連れていってくれるでしょう」

轅とは、牛車の前側についている二本の棒で、この先端の軛《くびき》を牛に付けて引かせるのである。抜丸は小松殿への潜入計画について自信ありげに語った。

「小松殿の邸内に入ったら、ただちに小烏丸めを見つけ出します。あとは、あやつの足に私がしがみ付きまして、こちらへ飛んで来させましょう」

この邸の場所を知っている抜丸と、羽を持つ小烏丸。二柱が力を合わせれば、確かに小烏丸にここまで来てもらうことができそうだ。

「お前はこの時代のことを、私よりもよく知っているのだから、問題はないと思うが、自力でやれるか」

竜晴が尋ねると、抜丸は「何の問題もございません」とすぐに答えた。

「さすがは抜丸殿だ」

泰山が抜丸に敬意のこもった目を向けて言う。

「泰陽殿に頼めば、私も小松殿までお供させてもらえるかもしれない。医者として泰陽殿の仕事ぶりを見てみたいと言えば、許してもらえるのではないかと思うが、どうだろう」

泰山が竜晴と抜丸を交互に見つめながら問うた。

「ふむ。泰山が共に小松殿に出向いてくれれば、不測の事態にも対処がしやすいだろうが、抜丸はどう思う」

竜晴が続けて訊くと、抜丸は少し思案した末、おもむろに鎌首を左右に動かした。

「今回はまだけっこうです。知り合ったばかりで、あまり願いごとはしない方が無難でしょう。この邸の主殿は医者先生を信頼しているようですが、下手《へた》なことを言えば、小松殿に入り込むために近付いてきたのではないか、などと疑われるかもしれません」

「そうか。確かに、相手が親切にしてくれるからといって、図に乗るのはまずい。できるなら、泰陽殿の方から『一緒に行こう』と誘ってくれる形が望ましいだろうな」

竜晴が抜丸の考えに賛同すると、泰山も「なるほど」と深くうなずいた。

「では、私は当面、泰陽殿の信頼を深めるべく努めればよいのだな」

泰山が自分の為《な》すべきことを確かめ、竜晴に対しては、

「お前はとにかく大事を取って、休息に努めることだ」

と、念を押した。

「私は小烏丸をこちらまで連れてまいります」

抜丸は竜晴に向かって約束した後、

「ただし、私が出かけてから翌日まで戻ってこなかった場合は、医者先生が何らかの理由をつけて、小松殿へ出向くように」

と、泰山に目を向けて言った。

あたかも手下に命じるがごとき言い草であったが、泰山は「相分かった」と素直に応じた。疑問も不満もまったく抱いていないふうであった。

三章　鳥柄杓と褐根草

一

　橘泰陽に助けてもらい、その邸で休ませてもらった日の晩、起き上がれるようになった竜晴は、改めて泰陽に礼を述べた。

「倒れている人を助けるのは、医師として当たり前のこと」

　と、泰陽はおおらかに言う。医者としてのあり方や考え方などは、泰山とよく似ているようであった。

「起き上がれるようになったのは何よりだが、まだ安心はできますまい。泰山殿の話では旅のお方だとか。都には知り合いもいないと聞いていますし、もうしばらく、ここにいるとよいでしょう」

　と、泰陽は竜晴に勧めた。

「泰山からも聞きましたが、まことによろしいのでしょうか」

「無論。それに、泰山殿のことは他人とは思えない。お互いに知らなかっただけで、おそらく先祖はつながっているのでしょう。最も出世した者が一族の皆を養うのは世の理《ことわり》。気になさることはない」

しれっと言うところを見ると、自分がいちばんの出世頭と考えているようだ。

「そうそう。泰山殿には渡しておいたが、賀茂殿にもお渡ししておこう」

泰陽は竜晴のために、揉み烏帽子を用意しておいてくれた。

「それに袴《はかま》や指貫《さしぬき》を穿《は》かないのもいただけない。この邸の中ではかまわぬが、後ほど衣服を一そろい調えて届けましょう。外へ出かける際は、相応の格好をなさるのがよろしいと存じますぞ」

そう言う泰陽は指貫に狩衣《かりぎぬ》という、この時代にしては寛《くつろ》いだ格好をしていた。それでも竜晴たちの小袖姿に比べれば、かしこまっている。

「助かります。何分、遠いところから参りましたので、都の勝手が分からず、お世話をおかけする」

「何の、ご遠慮には及びません。私にとっては大したことではありませぬゆえ」

鷹揚《おうよう》な泰陽の言葉に甘えさせてもらい、竜晴と泰山はしばらく西《にし》の対《たい》と呼ばれる建物に居候《いそうろう》させてもらうことになった。

そして、その翌日。

泰陽が小松殿を含む患者たちのもとへ赴《おもむ》くことが分かった。抜丸は予定通り、その牛車の轅に巻き付いて、小松殿まで連れていってもらう気満々である。

「泰陽殿の従者たちに見つかって、つかまえられたりしないのか」

泰山は純粋に抜丸の身を心配していたが、

「医者先生の目は節穴か」

と、抜丸は不服そうに言い返した。相変わらず泰山に対しては容赦ない。

「どこをどう見れば、この私がそれほど愚鈍に見えるのか」

自信たっぷりに言い置き、抜丸は出かけていった。

帰りを待つ泰山が立ったり座ったりと、落ち着かぬ様子で過ごすこと、一刻《いっとき》（約二時間）余り。二人のいる部屋の庭先から、鳥のものと思われる羽搏《はばた》きの音が聞こえてきた。

「まさか」

泰山はすぐに立ち上がると、庭に面した戸を開けた。

辛夷《こぶし》が大きくて白い花をつけている庭先に、真っ黒なカラスがちょうど舞い降りたところであった。その足には振り落とされまいと抜丸がしがみ付いている。

「竜晴ぃ！」

小烏丸は歓声を上げて、再び舞い上がり、部屋の中へと飛び込んできた。

「おい、何をする。私に断りもなく、勝手に飛び上がるな」

まだ小烏丸の足にしがみ付いていた抜丸が文句を言ったが、小烏丸の耳には入っていないようだ。竜晴の目の前に足をつけると、

「我《われ》を助けに来てくれたのだな。我は竜晴を信じていたぞ」

小烏丸は感激に声を震わせて言った。

「うむ。突然のことで驚きはしたが、何とか無事に追ってこられた」

竜晴は小烏丸に変わりがなさそうなことを確かめ、落ち着いて返事をする。

「抜丸に聞いた。我のために大変な術を行使して、今は呪力が使えないのだと」

「まあ、回復にはしばらくかかるが、泰山も一緒にいてくれるので心強い」

竜晴の言葉に、ようやく小烏丸は泰山へと目を向けた。

「ふむ。ただの人である医者先生が、今の状態に平然としているのは大したものだ。しかし、四代《しだい》さまの医師を見た時には我も驚いた。医者先生だとばかり思ったのでな。あの橘医師は医者先生のご先祖なのだろう」

四代とは平重盛の幼名であり、小烏丸は今もそう呼んでいるらしい。

「おお、抜丸殿も大した知恵者だが、小烏丸も流暢《りゅうちょう》にしゃべるのだな。聞いていたとはいえ、こうして小烏丸のしゃべっている言葉が分かるのは、何とも不思議な心地がする」

泰山が言うと、小烏丸は目を見開いた。

「どういうことだ、竜晴。医者先生が我の言葉を理解しているようだぞ」

「ああ、医者先生のことは話していなかったか。こちらへ来る前に竜晴さまが術をかけたのだ。今は我々と言葉を交わせる」

横から抜丸が口を挟んだ。

「何ということだ！　医者先生と話をする日が来ようとは」

「私も本当に驚いている。それに、ちっとも気づかなかったが、かつて私が怪我を治療したカラス、あれは小烏丸だったのだろう」

「その通りだ。あの時のことはまことに感謝しているぞ、医者先生よ」

ずいぶん偉そうな物言いではあったが、小烏丸は泰山に礼を述べた。

「いや、医者としては当たり前のことだ。だが、小烏丸が見つかって本当によかった。竜晴も抜丸殿も本当に心配していたのだからな」

泰山の言葉にいちいちうなずいていた小烏丸は、最後になって首をかしげた。

「んん？　医者先生は抜丸のことは『抜丸殿』と言うのに、どうして我のことは呼び捨てなのだ」

「あれ、そうだったか」

泰山は初めて気がついた様子で呟いた。

「改めた方がよければ改めるが……」

「我と抜丸は共に古い付喪神。いや、我は平家御一門の棟梁に受け継がれる刀ゆえ、抜丸より格上である。よって、奴より軽い扱いをされるのはいただけない」

「何を言うか。持ち主が誰かということは、付喪神自身の格とは関わりない」

抜丸が文句を言った。

「まあまあ。小烏丸殿と呼べばよいのだろう。いや、何か長すぎて言いにくいな。

なら、抜丸殿を呼び捨てにすればよいのか」

「何だと」

抜丸が泰山を睨《にら》みつける。

「そ、その前に、私からも尋ねたい。抜丸殿は竜晴のことを、さま付けで呼んでいるのに、どうして小烏丸は竜晴を呼び捨てなのだ」

「おお、まったく、医者先生にしてはよいところに気がついた」

抜丸はたちまち機嫌を直した。小烏丸をちらと小馬鹿にしたような目で見やると、

「こやつは礼儀を知らぬ愚か者だ。ゆえに、医者先生も礼儀をもって接する必要などない。小烏丸と呼び捨てにしてやってくれ」

と、泰山に向かって言う。

「まあ、呼び方くらい泰山の好きにさせればよかろう」

小烏丸が文句を言い始める前に、竜晴は口を挟んだ。

「それより、小烏丸よ。お前をこの世界へ招き寄せたものの正体は分かったか。ここで、何ものかの攻撃を食らったことは？」

「攻撃などはなかった。招き寄せたものについても見当はつかない」

小烏丸は答え、ここに来てからのことについて語り始めた。

「ここへ来る前、記憶を取り戻したお蔭で、ここが我の知る都だということはすぐに分かった。飛び回っているうち、見覚えのある平家御一門の邸が目に入ってきたので、まずは四代さまの邸へ行ってみたんだ」

小烏丸が「四代さま」と呼ぶ重盛の邸まで行くと、そこには懐かしい主人がいた。感動に打ち震えつつ重盛に近付こうとしたのだが、

「四代さまのおそばに仕える侍やら下仕えやらが、あろうことか、この我の邪魔をした」

と、不服そうに小烏丸は言った。

「だが、あきらめずに機を狙っていると、ある時、四代さまの近くに舞い降りることができた。一生懸命、我が小烏丸の付喪神であると訴えたところ、どうやら分かっていただけた。四代さまは、我に手出しすることは許さぬと、そばの者たちに命じてくださったんだ」

「重盛さまはお前の言葉が分からないだろうに」

抜丸が口を挟むと、小烏丸はふふんと鼻を鳴らした。

「初めは、確かにお分かりにならなかった。だが、窮《きゅう》すれば通ず、とはまさにこのことだ。何と、四代さまは我と言葉を交わせるようになられた」

「その話のどこが、窮すれば通ず、なのだ。いや、そんなことはいい。今の重盛さまは、本当にお前の言葉を解するのか」

抜丸が驚いた様子で訊き返す。

「その通りだ。今、竜晴や医者先生としているように、我は四代さまと言葉を交わしている」

「それは、重盛公に私のような力が備わっているということか」

竜晴が問いただすと、小烏丸は「分からない」と正直に答えた。

「初めはまったく通じなかったのだ。それがどういうわけか、突然、我の言葉にまともな返事があったので、少し驚いた。その時はたまたまかとも思ったんだが、『我の言うことが分かるのですか』と尋ねてみると、『分かる』とおっしゃったのだ。その時の、全身が震えるような驚きと喜びを分かってもらえるだろうか」

感動に浸《ひた》る小烏丸を冷めた目で見ていた抜丸は、竜晴に目を向けると、

「何ものかが重盛さまに術をかけたということでしょうか。それとも、重盛さまが

突然、呪力を手に入れたということでしょうか」

と、尋ねてきた。

確かに、竜晴が泰山にかけたのと同じ術を、誰かが重盛にかけたのかもしれない。

小烏丸をこの世界に引き入れたもののしわざとも考えられよう。

「もともと呪力のない人が急に力を付けたとは考えにくいが、自分の呪力に気づかない人もいる。小烏丸と接したことで、重盛公の眠っていた力が呼び覚まされたのかもしれない」

「なるほど。そういうことがあるのですね」

抜丸はよく分かったというふうに、鎌首を大きく上下に動かした。

「ところで、竜晴よ」

小烏丸が突然、羽をばたばたさせて慌ただしく言い出した。

「ここへ来てからの我のことはおおよそ話した。ここからが本題なのだが」

「本題だと……?」

「四代さまのお加減が思わしくないんだ。医者先生のご先祖も頑張ってくれているが、よくなる気配はない。いや、我の記憶によれば、この先、四代さまのお体は悪くなる一方で、やがてお命が尽きることになる。かつての我はそのことが分かっていても、為す術《すべ》を持たなかった。だが、今は違う。竜晴と医者先生がここにいる。どうか、四代さまのお命を救ってほしいのだ」

小烏丸は真摯《しんし》な口ぶりで告げた。

「何と。泰陽殿から少しは伺っていたが、重盛公はそこまでお悪いのか」

泰山がすぐに心配そうな声で言う。

「おお、医者先生。四代さまを救ってくれるか。医者先生の知識があれば……」

小烏丸が明るい声を上げる。

「それはいけない」

竜晴は淡々と小烏丸の言葉を遮《さえぎ》った。

「どういうことだ、竜晴」

泰山が不可解な目を向けてくる。

「ここは、私たちの世界ではない。私たちはいてはならぬ者であり、いずれは出ていかねばならぬ身だ」

「それはそうだろうが、苦しんでいる人がいるのなら、救ってから去ったってかまわないだろう」

「何を言うのだ。それが後の世にどう作用するのか分からぬまま、余計なことをするべきではない」

「作用とはどういうことだ。第一、病に苦しむ人を救うのを余計なこととは、聞き捨てにできぬ言い草だ」

泰山の声が険しさを増した。

「苦しむ人を助けるのが悪いとは言わぬ。だが、この世は誰かが生まれ、誰かが死ぬことで成り立っている。人の命は尽きるべき時に尽きる。それを超えて生き長らえることは、世の理を乱すことだ」

泰山の険しい表情に変化はない。自分の言葉が泰山に届いていないことを察し、竜晴はさらに続けた。

「たとえば、小松殿は間もなく亡くなる宿命だ。そのことで平家一門の運命は変わり、また後に平家を倒す源氏の運命も変わる。だが、もし小松殿ほど力のある者が生き長らえたら、この世はどうなる。平家は壇《だん》ノ浦《うら》で滅びず、鎌倉《かまくら》に新しい政権が生まれないかもしれない。それは、これから先の世の中を大きく変えてしまうほどの出来事だ」

泰山は目を見開いて絶句していた。ようやく事の大きさを理解できたようであった。

「それが何だというんだ」

その時、小鳥丸がいつになくふてぶてしい調子で言った。

「四代さまが生き延びることで、世が変わるのなら大いにけっこう。それこそ本来のあるべき形だ。四代さまがあんなに早くお亡くなりになっていいはずがない。四代さまほどのお方は、何としてもお助けしなければ……」

「小鳥丸よ、お前はまだ、私の言うことが理解できていないようだな」

「言葉の意は分かっている。だが、竜晴の言うことが正しいとは思えない」

小鳥丸ははっきりと言い返した。その目はまっすぐ竜晴に向けられている。嘘は言っていない。そして脅《おび》えてもいない。

「小鳥丸、お前、竜晴さまに何という暴言を――」

叱りつけようとする抜丸の言葉が終わらぬうちに、

「抜丸は四代さまを見捨てるのだな」

と、小烏丸は冷たく切り返した。

「だが、我だけは四代さまの味方だ。誰もが四代さまを見捨てようとも、この我だけは――」

小烏丸はそう言うなり踵《きびす》を返した。外に続く戸は閉められていたが、半蔀《はじとみ》という上方の戸は開いている。小烏丸はその隙間から空へ舞い上がった。振り返ることは一度もなかった。

二

小烏丸が竜晴に異を唱えて飛び去ってから、泰山は深く沈み込んでいた。両者が対立するのをただ黙って見ていることしかできず、その前には安易な言葉を吐いて、対立がいっそう深まる種を蒔《ま》いてしまった。

小烏丸を助けるために力を尽くした竜晴が、当の小烏丸からあんな態度を向けられるのは気の毒でもある。

もっとも、竜晴自身は小烏丸に背を向けられても、動ずることはなく、

「まあ、ひとまずは小烏丸が無事でいることが分かったのだ。今後のことはこれから考えよう」

と、落ち着いて言うのみであったが……。

（いくら竜晴でも、内心は傷ついているだろう）

そう思うと、竜晴のために何とかしてやりたくなる。

（それに、私は……）

泰山には気がかりなことがあった。

だが、それを竜晴に打ち明けるのは気が咎める。となると、話を聞いてもらう相手は抜丸しかいない。

その抜丸は先ほどの竜晴と小烏丸の対峙《たいじ》に動揺したのか、庭へ出ていってしまった。泰山はしばらく竜晴のそばにいたが、思案を重ねている竜晴の役には立てそうにない。

「少し庭に出てくる」

泰山は竜晴に告げ、部屋をあとにした。

履物を履いて庭へ下りると、大きな白い花をつけた大木がまず目に入ってくる。

春、葉に先がけて香りのよい花を咲かせる辛夷の木であった。

（辛夷の花のつぼみは鼻づまりに効く生薬だが、ここの庭の辛夷は、見て楽しむためのもののようだな）

庭をざっと見回したところ、抜丸の姿はない。とりあえずは抜丸の姿を捜しつつ、泰山は萩の草むらに向かって歩いた。辛夷の花が咲く頃ならば、同じく薬木とされる杏《あんず》も花をつけている頃だろう。

（杏は種が咳止めや痰切りに効く薬木だし、あれならば花も楽しめるのだから庭木としてもいい）

そんなことをつい考えてしまい、いかんいかんと、泰山は頭を横に振った。

「医者先生よ」

辛夷の木の近くまで来た時、足もとから抜丸の声がした。

付喪神の声が聞こえるとは実に便利である。

「ああ、抜丸殿。捜していたんだ」

泰山はそう言い、屈《かが》んで手を差し伸べた。竜晴が掌に抜丸をのせていたのを思い出したのだが、抜丸は少し躊躇っていたものの、やがて泰山の掌にするするとのってきた。

　くすぐったいのをこらえつつ、泰山は生真面目な顔で語りかける。

「竜晴と小烏丸のことで相談したかったんだ」

　泰山が切り出すと、抜丸は黙っていた。表情が読み取れるわけではないが、人間であれば、苦々しい表情を浮かべているのではないか。

「竜晴と小烏丸はいつもあんなふうなのか」

　本題に入る前に、泰山は尋ねた。

「いや、そうではない」

　抜丸は憮然《ぶぜん》とした声で答える。

「そもそも、付喪神とは主人に従うものだ。小烏丸は無礼な奴ではあるが、竜晴さまに対する忠義の心を欠いていたわけではない」

「重盛公に対する忠義も、なかなかのようだが……」

「あれは少し異様だ。小烏丸は重盛さまが天寿をまっとうできなかったと思い込んでいる。本来ならば、前の主人への思いを残していても、新しい主人を受け容れるはずなんだが……」

「今回は時を超えるという異常な事態だからな。思いを残していたかつての主人と今の主人との間で、小鳥丸の心は揺れ動いているというわけか」

そう呟いて、泰山はふと抜丸のかつての主人のことが気にかかった。

「そういえば、抜丸殿の前の主人もこの世にいるのではないか。小鳥丸のように会いたくはないのか」

「無論、懐かしく思う気持ちはある。しかし、悩みごとを抱えていらっしゃる竜晴さまを放ってまで、会いに行かねばならぬわけではない」

抜丸は淡々と答えた。そういうものかと思いつつ、かつての主人に対する付喪神の態度として、小鳥丸と抜丸のどちらがふつうなのだろうと、泰山は考えをめぐらした。生憎《あいにく》、他の付喪神を知らないので、判断のしようがない。泰山は考えるのをやめ、本題に入ることにした。

「ところで、この先の話は、できれば竜晴には聞かれたくないのだが、ここで大丈夫だろうか」

「ふだんの竜晴さまに内密で話をしようとしても、何の甲斐《かい》もない。よほど遠く離れていれば別だが、たいていは聞かれてしまうからな。だが、今は呪力を使えないから、まあ、ふつうの人間と同じに考えればいいだろう」

と、抜丸は言う。それでもいささか不安だったため、泰山は丈の低い馬酔木《あしび》の植え込みに沿って少し歩き、竜晴のいる部屋が見えなくなる位置まで移動した。そちら側には花が散ったばかりの梅の木がある。

「実は、竜晴の先ほどの話を聞いて、はっとなったんだ。私はここでも病人がいれば救いたいと思っていたが、それが後の世を変えることになろうとは――」

「まあ、その辺の民を一人助けたからといって、どうということはあるまい。ただ、重盛さまとなれば、話は別だ。平家御一門の衰退はあの方の早すぎる死によるものだと、言われたくらいだからな」

「それでも、小烏丸は重盛公を救いたいわけだな」

「今のあやつは、冷静にものを考えられなくなっている。重盛さま以外の者などうなってもいい、くらいの気持ちなんだろう」

「小烏丸は私に薬の処方を教えろと言っていた。無論、それで必ずしも延命できるとは限らないのだが……」

泰山は抜丸から目をそらすと、覚悟を決めて一気に語った。

「正直に言うと、重盛公の症状については泰陽殿から聞かされていた。私も医者としての興味から、どんな薬剤を用いているのか訊き、私の見解も述べたんだ」

「つまり、あのご先祖の処方に何らかの落ち度があり、指摘したということか」

抜丸が鋭く問うてくる。

「いやいや、泰陽殿は私のご先祖と決まったわけではないし、処方に落ち度があったわけでもない。ただ、この時代の医者はまだ知らないことのようだったので、つい……」

「それを教えたのだな」

「……まあ、そうなんだ」

泰山は認め、改めて抜丸に目を戻した。

「くわしく話してみるがよい」

抜丸の鋭い眼差しに耐えつつ、泰山は打ち明け話を始めた。

泰陽の話によれば、重盛が今抱えている症状とは腹痛《はらいた》と不眠であるという。

「腹痛には主に甘草《かんぞう》と芍薬《しゃくやく》を、不眠には牡蠣《ぼれい》を処方している」

と、泰陽は言った。

薬としての「牡蠣」とはむき身のことではなく、貝殻を砕いたもののことだ。使い方については、泰山も知る処方であり、これという問題はなかった。

「酸棗仁湯《さんそうにんとう》はご存じですか」

泰山は念のため、自身がかつて不眠の患者に処方していた漢方の薬を持ちかけてみた。

「ああ。大棗《たいそう》に甘草、知母《ちも》、茯苓《ぶくりょう》、川芎《せんきゅう》を使ったものですな」

泰陽にもその知識はあった。だが、

「腹痛の治療に甘草を用いているゆえ、不眠には酸棗仁湯以外がよいかと――」

甘草の摂りすぎを避けるため、牡蠣を処方したという。その考え方は泰山にも理解できた。薬は患者一人ひとりに合わせて処方するものだから、患者を直に診ている泰陽にあれこれ言うのも気が引ける。

それゆえ、泰山としても余計な口を挟むつもりはなかった。だが、

「他に、弱ったお体を回復させるため、褐根草《かつねぐさ》を処方している」

と、泰陽が続けた時、遠慮や気配りは吹き飛んでしまった。泰山は褐根草という

薬草を知らず、くわしく教えてほしいと泰陽に頼み込んだのである。

聞いてみると、褐根草は泰山もよく知る薬草であった。それどころか、泰山がこの世界へ来て竜晴に処方した麻黄のことだったのだ。

麻黄はこの国に自生していない薬草だが、今より何百年も前にすでに伝わっていたという。特別に薬園で育てていたそれを煎《せん》じて、重盛に飲ませているという話であった。

「ですが、重盛公……いえ、小松殿は不眠に悩んでおいでなのですよね」

麻黄は昂奮する作用が含まれているため、不眠に悩んでいる人に用いてはならない。泰山はそのことを泰陽に話した。

実際、重盛の不眠の症状は治るどころか、悪くなる一方だったようで、

「何と。褐根草にそのような作用が……」

と、泰陽は驚愕《きょうがく》しつつも、それが原因だったのかと合点もいったようであった。

泰山は泰陽からたいそう感謝された。自分の知識が役に立つことを知った泰山は、もっと泰陽の力になりたいと思った。世話になったことへの恩義も感じている。そこで、重盛の容態について、差し支えない程度にくわしく聞かせてもらえないかと

頼んだ。

話を聞くうち、重盛の腹痛と不眠は心の重圧から来るものではないかと推測された。国の重要な地位にある人物なのだから、その重圧たるや相当なものであろう。

二つの不調の原因が同じならば、薬も別々に処方するより、双方に効く漢方の薬を用いるのがよいはずだ。そう思い至った泰山は、

「小松殿には、半夏瀉心湯《はんげしゃしんとう》を処方するのがよいのではないでしょうか」

と、持ちかけた。半夏瀉心湯は、烏柄杓《からすびしゃく》（半夏）を主として、乾姜《かんきょう》、人参《にんじん》、黄芩《おうごん》（黄金花《こがねばな》）、甘草、大棗、黄連《おうれん》を用いて作られる。

半夏瀉心湯の名は泰陽も知っており、書物でさらにくわしく調べてみると意欲を見せた。

泰山は泰陽の役に立てたと信じ、これで重盛の症状が改善すればいいと、心から願った。それが世の中を混乱させることになるなど、疑ってみることさえなかった。

「それでは、医者先生の助言によって、ご先祖は半夏瀉心湯を重盛さまに処方するつもりなのか」

抜丸は話を聞き終わり、どことなく苦い口ぶりで問うた。泰陽はすっかりご先祖ということにされているが、もはや否定する気も起こらず、泰山は話を続ける。

「まあ、泰陽殿も私の話を鵜《う》呑《の》みにはしないだろうが、調べて納得がいけば処方するだろう。いずれにしても、褐根草の処方はすぐに取りやめられるだろうし」

麻黄を取りやめたお蔭で重盛の寿命が延びるとは言い切れないが、薬を変えたことで、症状が改善することはある。

だが、重盛の延命は後の世界を変えてしまう――そう言われると、泰山は自分のしたことが正しかったとは素直に思えなくなってしまった。それどころか、とんでもないことをしてしまったのではないかと恐ろしくなってきた。

「竜晴さまの呪力がお戻りになれば、ご先祖の記憶を何とかすることもできるだろうが……」

抜丸はもの思わしげに呟いた。

「そんなことができるのか」

「もちろん、たやすいことではない。そんなことをすれば、また竜晴さまはしばらくお力を使えなくなるかもしれぬ」

抜丸は厳しい声で言った。

「そうだよな。竜晴にまたもや負担をかけるようなことは、できればしたくないのだが……」

しかし、今はどうすることもできない。

「このこと、竜晴に打ち明けた方がよいだろうか」

泰山は抜丸の目をしかと見据えて問うた。抜丸はしばらく思案していたが、

「竜晴さまとて今の状態ではどうすることもできぬ。とりあえずは黙って様子を見るしかあるまい」

と、幾分沈んだ声で答えた。

「……うむ、そうだな」

何ができるか分からないが、いざという時には、自分の仕出かしたことへの責めは負わねばなるまい。泰山はその覚悟を胸に刻み、低い声で言葉を返した。

三

数日後、竜晴と泰山はそろって泰陽から呼ばれた。泰山は泰陽から親族と思われており、同じ医者ということもあって、時折泰陽と言葉を交わしていたが、竜晴はめったに泰陽と顔を合わせない。だから、二人そろって呼ばれるのは、めずらしいことであった。

「おお、賀茂殿にもご足労願って申し訳ない」

泰陽は泰山そっくりの、人の好《よ》さそうな笑みを浮かべて言った。

「ご不便なことはおありではないかな」

泰陽の眼差しが竜晴だけに据えられていたので、竜晴は「何もございません」と答えた。実際、泰陽の邸での暮らしは至れり尽くせりで申し分ない。

「それはよかった。泰山は弟も同じ。賀茂殿もそのご友人として、ここでは気兼ねなくお過ごしいただきたい」

泰陽はいつの間にやら、泰山を呼び捨てにしていた。

「ありがたいお言葉です」

「ちなみに、賀茂殿はそのお名前からして、陰陽師の賀茂氏のお血筋かな」

「はい。本流とはだいぶ遠くなりますが」

「あちらの家へご挨拶に行くおつもりは？　伝手《つて》をお求めならば、私が仲立ちをしてもよいが」

そんなことまで泰陽は言い出したが、挨拶に行く予定はないと竜晴は断った。泰陽は少々残念そうな顔をしたものの、すぐに気を取り直し、話を変える。

「ところで、今日は賀茂殿と泰山に願いの筋があり、お呼び立てした」

「お世話になっているお礼もしておりませんし、できることであればお聞きしたいと存じますが」

竜晴は答え、泰山もうなずく。

「実は、私は中宮《ちゅうぐう》さまのもとへも時折、お伺いすることを許されていてな」

「中宮さま……ですか」

泰山が息を呑んだ。

竜晴や泰山の知る中宮といえば、将軍徳川家光《いえみつ》の妹で、後水尾《ごみずのお》天皇のもとへ入内《じゅだい》した和子《まさこ》である。それにしたところで、今は東福門院《とうふくもんいん》と呼ばれる彼女がかつて中宮だったと聞いたことがあるだけで、自分たちとは別世界の話であった。

ただ、南北朝の争乱以降、朝廷が混乱していたこともあり、しばらくの間、中宮は存在していなかった。そこへ何百年かぶりに和子が立后《りっこう》されたというので、江戸でも将軍家の慶事として話題になったのである。

将軍の妹と同じような立場の女人に、目の前の泰陽が対面していること自体、泰山には驚嘆であったようだ。そんな泰山の反応に、泰陽は満足げであったが、ちらと竜晴に向けられた目には物足りなさが漂っている。

「まあ、私は平家御一門の方々の医師であり、中宮さまは御一門の出であるからな。そのご縁で御所へも出入りさせていただいている次第」

「何と、中宮さまは平家の御一門でしたか。どなたの……？」

泰山はこの世界に来ても、まだ思い至らないらしく、首をかしげている。

「何を言う。中宮さまといえば、小松殿の妹姫でいらっしゃろう」

泰陽が声を張って言った。

「ああ、平清盛……あ、いや、ええと入道相国さまの姫君でいらっしゃいましたね」

　うっかり清盛の名を口にしかけて、泰山は慌てて言い直した。今この世に生きている貴人の俗名を口にするのは無礼なことである。

「後に建礼門院《けんれいもんいん》と言われるお方だ。知っているだろう」

　竜晴は小声で泰山にささやいた。

「ああ、その人なら知っている。確か、安徳《あんとく》の帝《みかど》の母君で……」

　泰山が余計なことを言いかけたので、竜晴はそれ以上言うなと目で制した。幸い、泰陽にはこちらの会話は聞こえていなかったようだ。

「それで、中宮さまがどうされたのでしょう」

　話を先に進めようと、竜晴は泰陽を促した。

「うむ。実は、中宮さまのもとへ伺った折、お仕えする女房《にょうぼう》たちに賀茂殿と泰山のことを話してみたら、皆さま、たいそうご興味をお持ちになりましてな」

「何と、中宮さまが私たちに――？」

　泰山が頓狂な声を上げる。

「中宮さまではない。中宮さまの女房衆だと、今しがた、泰陽殿がおっしゃったではないか」

竜晴が注意し、

「町中で人を拾ったなどという話を、中宮さまのお耳に入れることはない」

と、泰陽も少しばかり白けた表情になって言う。

「う、ああ。そうですよね」

きまり悪そうに下を向く泰山にはかまわず、泰陽は語り続けた。

「そうしたら、女房たちがたいそう面白がりましてな。ぜひ賀茂殿と泰山を見てみたいと言うのです。特に賀茂殿の美しさに興味があるようで」

泰陽は、泰山が自分にそっくりであることと、人目を引く竜晴の美貌を、いささか大袈裟《おおげさ》に吹聴《ふいちょう》したようだ。それで、中宮付きの女房たちが興味を持ったのだろう。

「ぜひ見てみたいとおっしゃる。それゆえ、次に中宮さまのもとへ参上する際、お二方にも同道願いたい」

「え、私たちも一緒に――？」

泰山が顔を上げて驚きの声を放った。

「無論、中宮さまの御前《おまえ》に出るのを許されるわけではないぞ。もしかしたら庭先、場合によっては簀子《すのこ》あたりに控えることは許されるかもしれないがな」

泰山におかしな誤解をさせぬための布石であろうか、泰陽は重々しく言った。

「いえ、私ごときが中宮さまの御前になんて、考えてもおりませんけど……」

泰山も誤解はしていないことを述べたが、それにしたところで、御所へ行くという話である。

「もちろん、その際の装束などはすべてこちらで調えさせてもらうし、二人に恥などかかせはしない」

泰陽は竜晴にも目を向けつつ、言い添えた。

「つまり、私たちは中宮付きの女房衆の暇つぶしになればよい、ということでしょうか」

竜晴は淡々と問うた。にべもない物言いに泰陽はやや鼻白む。

「そこはこらえていただきたい。中宮さまに仕える女房たちは少々派手ではあるが、教養もあり、家柄もよい方々ばかりだ。私としても方々のご機嫌は取っておきたい」

女房たちにはそれぞれの実家が付いている。その上、中宮のそばに仕えていれば、平家一門の人々とのつながりもある。中には、平家の公達《きんだち》の恋人だっているだろう。そういう女たちの機嫌を取り結びたいという泰陽の考えは、別段不思議なことではなかった。

だが、そんなことで女房たちの歓心を得ようとする泰陽に、泰山は何やら釈然としない様子である。

「いかがであろう、賀茂殿に泰山よ。私と共に御所へ参上してくださるな」

泰陽は少し強引に畳みかけてきた。

「しかし、竜晴はともかく、私はそんなところでまともに振る舞えるとは思えないのですが……」

泰山は躊躇《ちゅうちょ》の色を見せる。

「振る舞いも何も、中宮さまのお目に触れるような場所へは呼ばれない。女房たちに顔を見せてくれればいいだけだから」

「顔を見せるだけって、それではまるで……」

見世物のようではないか――と、泰山は考えているのだろう。

「まあ、泰山」

竜晴は柔らかな声で呼びかけた。

「私たちは泰陽殿に多大な御恩を受け、返す術も持たなかった。このお申し出を受けることで、それをいくらかでもお返しできるのなら、ここはお受けするのが筋ではないかと思う」

「竜晴がそれでかまわないと言うのなら、私はいいが……」

泰山は竜晴の顔色をうかがいつつ、躊躇いがちに言う。どうやら、自分が嫌なわけではなく、竜晴が嫌がるのではないかと気を揉んで、渋ってみせていたらしい。

「私はかまわない。それで、泰陽殿が喜んでくださるのならば……」

竜晴は穏やかな表情を泰陽に向けた。

「おお、これは賀茂殿。かたじけない。なるべく庭先ではなく、簀子に上げていただけるよう、私からも口添えさせていただく」

当日の装束についてはすぐにでも見繕って届けようと、泰陽は上機嫌に言った。

その話が無事に終わると、泰陽は気が楽になったらしく、泰山を相手に病や薬に関する話を始めた。泰山もこちらの方がずっと楽しいらしく、滑らかな口ぶりで言葉を交わしている。そのうち、

「ところで、小松殿のことだがな」

と、泰陽の口から重盛の話題が出てきた。泰山が不意に緊張し、竜晴は耳をそばだてる。

「半夏瀉心湯をお勧めしたのだが、断られてしまった」

泰陽はそれまでになく沈んだ様子で言った。

「半夏瀉心湯……？」

竜晴が呟くと、興味があると思われたらしく、泰陽は嬉々《きき》として半夏瀉心湯について説明し始めた。

「半夏を主として作られる漢方の薬で、泰山とはすでに話をしたのだが、腹痛にも効く甘草、また力をつける人参……」

ひとくさりの解説が終わったところで、

「小松殿はどうしてそれをお断りになったのでしょう。泰陽殿は患者である小松殿の訴えを聞き、それを処方されたのでしょうに……」

と、竜晴は尋ねた。

「葛根草の処方を取りやめる代わりに、半夏瀉心湯に含まれる人参で力を付けていただきたかったのだが、人参は海の向こうから仕入れるゆえ金もかかるからな」

泰陽は苦々しげな口ぶりで言う。一方、口をつぐんでいる泰山は、きまり悪そうな表情を浮かべていた。

「小松殿はご自身のために金をかけるのをよしとしなかった、ということですか」

竜晴が問うと、泰陽はうなずいた。

「あの方のお人柄のすばらしさは、俗人としては少々行き過ぎと申せるものでな。まるで修行を積んだ聖《ひじり》のようなところがおありなのだ。平家御一門には宋国との交易で得た財がある。もちろん、相国さまのお許しなくして使うことはできまいが、小松殿のお体改善のため財を惜しむことはありますまい。それなのに、あの方は自分だけが格別に扱われるのを、決してよしとはなさらない……」

泰陽はやりきれなさを滲《にじ》ませて言った。

「また、半夏瀉心湯に使われる黄金花もこの国にはないものゆえ、船で運ばねばならず、当然ながら金も手間もかかる。しかし、交易をつかさどっているのは御一門なのだから、そこはいくらでも自在にやりくりできるだろうに……」

重盛はこの国の誰より、値の張る薬剤を手に入れられる立場でありながら、その優位を決して自分のためには使わないのだという。

「人参と黄金花以外はいかがなのですか」

「半夏は烏柄杓の根茎から作られる生薬だが、この草はどこにでも生えている。畑でも道端でも見かけるもので、民たちも気軽に使っているものだ。この半夏だけならば、小松殿も使ってくださるだろうが……」

「半夏の服用だけでは、効き目が期待できないということですね」

「もちろんだ」

「当たり前だ」

と、泰陽と泰山の声が重なり合う。

二人とも医者としてのこだわりは同じようであった。

「小松殿には、これ以上説得したところで、話を聞き容れてはもらえまい。小松殿を従わせるだけのお方から、口添えしていただくより他にないか」

最後の方は、竜晴や泰山に聞かせるつもりもないらしく、泰陽は一人でぶつぶつと呟いていた。

「相国さまか、いや、中宮さまにお頼みできるのなら……」

泰陽が考えにふけっているうちに、竜晴は泰山へと目を向けた。

「半夏瀉心湯を泰陽殿にお話ししたのはお前か」

改めて問うと、「あ、いや」と泰山はしどろもどろになっている。

「半夏瀉心湯のことは、泰陽殿もすでにご存じで……」

知ってはいたが、重盛の治療に使おうという意図はなかったのだろう。それを泰山が進言し、泰陽が聞き容れたということらしい。

泰山が慌てているのは、そのことが重盛の寿命を延ばし、それによって後の世の流れを変えてしまうのではないかという懸念が出てきたからと見える。

（泰山のことだ。私があの話を聞かせる前に、泰陽殿に話してしまっていたのだろう。事の重大さを知って慌てはしたが、私を心配させまいと黙っていたというところか）

おおよその事情はつかめた。

半夏瀉心湯を飲み始めたからといって、重盛の寿命が延びるとは限らないし、今のところ重盛は服用を拒否しているから影響はない。それに、重盛の性情からして、金のかかる薬は拒否し続ける見込みも高いだろう。

(だが、重盛公が志半ばにして命を落としたのは、そのせいかもしれぬな)

小烏丸が重盛の死をそのまま受け容れがたく思うのも、そこに原因があったのかもしれない。

高価な薬であれ治療法であれ、少しでも生き長らえることができるのなら、何でも試してもらいたかった――重盛の死後、小烏丸はずっとそう思っていたのではないか。

重盛を説得するのも難しそうだが、小烏丸を説得するのも同じくらい難しい。あの主人と付喪神は案外、似た者同士の主従だったのだなと、竜晴はふと妙なことを思っていた。

四章　山菅の恋

一

竜晴と泰山が泰陽の牛車に乗せられ、高倉《たかくら》天皇の中宮徳子《のりこ》の御所へ連れていかれたのは、それから数日後のことであった。

もともと大内裏《だいだいり》として建造された都の北端にある平安宮《へいあんきゅう》は、火事で何度か焼け落ち、その度に再建されていたが、今は有力な公家の邸を里内裏《さとだいり》として使っているという。

この頃、高倉天皇の里内裏とされていたのは、閑院《かんいん》と呼ばれる邸であった。本来の大内裏の南東に位置し、東西に走る二条《にじょう》大路の南、南北に走る西洞院《にしのとういん》大路の西に位置していた。

先帝の御世《みよ》でも里内裏として用いられたことのある邸で、その北側の殿舎が中宮の居所に充《あ》てられているそうだ。

一同を乗せた牛車は、六条にある泰陽の邸から北上し、やがて閑院内裏へ到着した。そこからは、案内役の女房に連れられ、中宮の御座所とやらへ向かったが、三人が通されたのは庭に面した建物の南端である。

さすがに「庭で控えよ」とまでは言われなかったが、竜晴と泰山は簀子に座らされ、泰陽は一応敷居をまたいだ向こう側に席を用意されていた。

幸い春の空は晴れ上がっていて、風も心地よいとはいえ、簀子は吹きさらしの縁側である。

中宮その人はそこからはるか離れた北側の奥にいるらしいが、その前に控える人々の影で、もはや御簾《みす》さえよく見えない。

泰陽はこうした扱いには慣れているらしく、不満も覚えていないようだ。

「今日は、中宮さまの御前に参ることができますかね」

と、女房にのんびり尋ねている。

「ただ今、大事なお客さまがお見えですので、そちらのお話が済みましてから、中宮さまのお耳に——。橘殿がその頃までお待ちいただければよいのですが……」

「ふむ。中宮さまの御前に参れるのであれば、いくらでも待つと申し上げたいところだが、これから池殿《いけどの》のお邸へ参らなければならず」

「まあ、あちらは相国さまとあまり御仲睦《おんなかむつ》まじくございませんのに」

「とは申せ、ご子息が咳き込んでおられると聞いて、参らぬわけにもいきますまい」

泰陽は女房と慣れた調子で話していた。

池殿とは、清盛の異母弟で頼盛《よりもり》といい、抜丸の主人だった人物である。

今日は内裏に参上するというので、竜晴は抜丸の刀を持参してこなかった。だが、泰陽と池殿とのつながりは付喪神の抜丸に知らせてやらねばなるまい。

「ところで、中宮さまのもとへいらしているお客人とは、どなたでございましょうや」

何げない様子で泰陽が訊くと、

「小松殿でございます」

と、女房が答えた。

「おお、さようでしたか。これまでも、こちらで鉢合わせすることは、何度かありましたが……」

泰陽はさらに思案すると、

「実は、小松殿のご容態に関わることで、中宮さまのお耳に入れたいことがあります。お二方のお話に割って入るつもりはありませぬが、何とぞよしなに」

と、女房に小声で取り次ぎを頼み、頭を下げている。

「そういうことならば、仕方がありませんね。折を見て、中宮さまにお願いしてみましょう。橘殿はこちらでお待ちを」

案内役の女房は重そうな十二単《じゅうにひとえ》の裾を引きずり、奥の方へと入っていった。泰陽と同年輩ほどの女房が立ち去るや、今度は二十歳《はたち》前後の女房たちがわっと群がってきた。

「わわ、どちらさまでしょう」

泰山が慌てふためいている。女房たちは皆、扇で顔を覆っていたが、その中の一人は興味津々といった様子で、泰山に顔を近付け、

「まあ、橘医師殿にそっくりですわ」

と、驚いた様子で言った。

「同胞《はらから》（兄弟）としか思えませんのに、余所《よそ》の方なんですの？」

「まあ、どこかで血はつながっているのでしょう。泰山の親や祖父の名を聞いても、私は知らなかったが……」

泰陽は先ほどの女房に対するより気安い調子で応じている。

「こうもよく似ておられるのは、もしかしたら腹違いの弟君かもしれませんわよ」

「私の父は、一度も都から出たことがありませんよ」

泰陽があり得ないというふうに、首を横に振った。

「こちらの方は鄙《ひな》（田舎）から来られたのでしたっけ」

女房たちが泰山を不思議そうな目で見つめる。

「確か、坂東《ばんどう》から上ってきたのだったな」

泰陽が泰山に同意を求め、泰山が「は、はい」とうなずいた。

「まあ、坂東ですって。どんな野山でお育ちになったのでしょう」

泰山はとんでもない野生育ちの男と思われたようだ。

「こちらの方も坂東から？　確か、賀茂氏のお血筋と聞きましたが」

女房の一人が竜晴にちらと目を向けて尋ねる。泰山に対してしたような気安さで、竜晴に顔を近付けてくる女はいなかった。

「賀茂竜晴といいます。泰山と同じく東から参りました」

「あら。では、ご先祖は在原業平殿《ありわらのなりひら》のごとく東下《あずまくだ》りをなさったのでしょうか」

在原業平といえば、『伊勢物語』の主人公で、名うての色好み。都の女人たちばかりでなく、伊勢斎宮《いせのさいぐう》から坂東の豪族の娘たちまで、目につく女を口説き落としたという男だ。

竜晴の先祖も業平のような男だったのではないか、と言いたいらしい。

「私が野山育ちで、竜晴の先祖は在原業平？　ずいぶんな差別ではないか」

泰山がぼやいていたが、もはや聞いている女房はいない。

「賀茂さまはどうして都へ？」

「竜晴さま、とお呼びしてよろしいのかしら」

「あら、それなら私も」

「竜晴さまはこれから都でお暮らしになられるのでしょう。陰陽寮《おんみようりよう》へお勤めになられるのかしら」

「それより、権門《けんもん》にお仕えする陰陽師の方がよろしくてよ。近衛家《このえけ》なら私に伝手がございますわ」

　女房たちは泰陽と泰山そっちのけで、時には竜晴さえそっちのけで、話に盛り上がり始めた。そのうち、先ほど泰陽と話をしていた女房が戻ってきて、

「何ですか。中宮さまの御前で騒々しい」

と、若い女房たちを叱りつける。

　女房たちはきまり悪そうに扇で顔を隠すと、そそくさと竜晴たちから離れていった。

「まったく。若い人たちはしつけがなっていなくて。方々もご不快だったやもしれませぬが、中宮さまの女房たちは軽々しいなどと、余所で言いふらさないでいただけると幸いです」

「私の連れたちは、そんなことは致しませんよ」

　泰陽が如才なく口を挟んだ。

「それより、中宮さまへのお目通りは叶《かな》いますでしょうか」

「ええ。中宮さまの格別なお志により、小松殿との同席をお許しになるそうです。小松殿はお下がりになりたいご様子でしたが、中宮さまがそれをお許しにならず、

ご一緒にということになりました」

「それは助かります。小松殿がご一緒でなければ甲斐のないお話ですから。さすがは中宮さま。こちらの思惑を読んでおられるようですね」

「中宮さまは聡明で慈悲深いお方ですゆえ。では、こちらへ」

女房に案内され、泰陽は中宮の御座所の近くへと進んでいった。竜晴と泰山はその場に置いていかれた格好だが、二人がいなくなると、また先ほどの若い女房たちが戻ってきた。

「お年を召した方はお堅いことばかりおっしゃって、嫌ね」

「まったくですわ。口を開けば、騒々しいだの、軽々しいだの、文句ばかりなんですもの」

女房たちは再び竜晴を取り囲み、おしゃべりに興じ始める。そこへ、

「ところで、皆さま」

と、竜晴は声を張った。

「橘殿は先ほど小松殿のことで大事なお話があるとおっしゃっておいででした。実は、私は小松殿に陰陽師としてお仕えしたいのです。橘殿にも口利きをお願いして

いるのですが、なかなか難しいようで」

竜晴が憂《うれ》いがちに目を伏せると、

「まあ、そうでしたの」

と、女房たちは心配そうに言った。

「今後のため、小松殿のことをできるだけ知りたいのです。もちろん橘殿にもお尋ねしますが、こちらの泰山と違い、私は親族とも思われておりません。そこで、できましたら、橘殿が中宮さまにどのようなことを申し上げたのか、お知らせくださると嬉しいのですが」

「まあ、そんなことでしたら、お安い御用ですわ。私にお任せくださいませ」

一人の女房が言うと、他の女たちも色めき立つ。

「私の方が適役ですわ。人の会話を聞いて覚えることには自信がございますの」

「あら、私だって」

女房たちは我も我もと名乗りを上げ、やがて潮が引くように奥へと去っていってしまった。

後には、竜晴と泰山だけが取り残された格好である。

「お前、いったいどうやって、あのすさまじい女房殿たちを操ったんだ。呪力でも使ったのか」

「今の私は、呪力を使えない」

竜晴は真面目に答えた。

「そう聞いてはいるがな」

泰山は半ばあきれ、半ば感心した様子で呟く。

「お前自身はああして若い女人たちに囲まれても、まったく動じないんだな」

「何を動じることがある」

「何をって、ふつうは困惑くらいするだろう。お前だって若い男だろうに」

そう言った後、泰山はふと表情を改めた。

「まさか、竜晴よ。お前、女人に関心がないというわけではあるまいな」

「はて。何をもって関心ありと見なすのか、そのあたりは分からぬが、ないわけではないだろう。美しい人を見れば美しいと思うし、好ましい人を見れば好ましいと思う」

「まるで他人事《ひとごと》のような物言いだな」

「別に、そういうつもりではないが……」

泰山はまじまじと竜晴を見つめ、それから目をそらしたが、再び躊躇いがちに目を戻した。

「それじゃあ、竜晴よ。お前、花枝さんのことを……」

思い切った様子で、泰山が口を開いたその時、

「分かりましたわ、竜晴さま」

先ほど勢いよく御前へ向かった女房の一人が戻ってきた。

泰山が口をつぐんだところへ、女房が寄ってきて扇を開き、竜晴の耳もとに口を近付けて言う。

「橘殿は小松殿に半夏瀉心湯を服用していただきたいと仰《おお》せでした。けれども、その薬はこの国で手に入る薬草だけでは作れぬものだとかで、小松殿は要らぬとお答えになったのでございます。橘殿と中宮さまのお二人でご説得になられましたが、小松殿のお考えは変わらず、中宮さまは大変お悲しみに……」

この女房はここまで聞いて下がってきたそうだが、他の女房たちがまだ御前近くに控え、話に耳を澄ましているという。

重盛が半夏瀉心湯の服用を断ったことは、竜晴も知っていたが、泰陽はその話を中宮に聞かせ、中宮からの説得に期待をかけたのだろう。だが、それでも重盛の考えは変わらないようだ。

そこへ、先ほど泰陽の案内役を務めていた年輩の女房が戻ってきた。

「これ、立花泰山殿と申すはこなたさまじゃな」

女房が泰山に目を向けて問う。

「あ、はい。そうですが」

「中宮さまがこなたをお呼びじゃ。心して御前へ参られよ。なお、中宮さまの御前では、断じて顔を上げてはならぬ」

「え? あ、はい。かしこまりました」

泰山はうろたえつつも返事をする。

「では、ついてまいれ」

今度は泰山が連れられていく。どうしたものかという泰山の眼差しが迫ってきたが、竜晴としては、とにかく行ってこいという眼差しを返すしかない。

竜晴のもとに報告に来た女房も、御前の様子が気になるらしく、

「また、お話を聞き取って、お知らせにまいりますわ」

　と言うなり、そわそわと引き返していった。

　それからしばらくの間、竜晴は一人だったが、ややあって戻ってきたのは、先ほどとは別の若い女房である。

「お連れの泰山殿は、中宮さまよりご下問を受けられましたの。小松殿にはこれまで褐根草という薬草が処方されていたとか。ですが、頭が冴えて眠れなくなる作用があると分かり、処方を取りやめになすったのですって。中宮さまはそれに替わる薬草を知らないかと、お尋ねになったのですわ」

「ほう。それで泰山は何と答えたのですか」

「龍《りゅう》の髭《ひげ》ならば、この国に古くから生えている草なので、よいだろうとおっしゃっておいででした。何でも、ばく……ばく……何でしたっけ」

　女房は首をかしげている。

「麦門冬《ばくもんどう》ではありませんか」

「そうそう。龍の髭の根はそういう名の生薬になるのだそうです。小松殿も、それならば飲むとようやく首を縦になさいました」

「そうでしたか。中宮さまもご安心なさったことでしょう」

竜晴は口もとを和らげ、笑みを浮かべた。

「私の身勝手な願いを聞いてくださり、ありがとうございました」

「あら。そんなお礼なんて」

女房は頬を赤らめている。ちょうどその時、他の若い女房たちも御前を下がってきた。

「まあ、あなただけ、何を竜晴さまとお話しなさっているの」

戻ってきた女房たちの目が吊《つ》り上がっている。竜晴は他の女房たちにも改めて笑顔で礼を述べた。

「続きは、私がお話しいたしますわ。あなたは引っ込んでいて」

「龍の髭のお話はお聞きになりましたか。龍の髭は山菅《やますげ》という名で、古くは和歌にも詠《よ》まれておりますの。中宮さまと小松殿は、そのお話を始められて……」

再び先ほどの騒がしさが舞い戻ってくる。ただし、今度は先ほどよりも長くは続かなかった。

間もなく、泰陽と泰山、そして泰陽の案内役の女房が戻ってきたからであった。

二

泰山は戻ってくるなり、昂奮を必死に抑えつつ、

「小松殿というお方を見たぞ」

と、小声でささやいた。

「少し痩せてはいらっしゃるが、伊勢家のお殿さまにそっくりだった」

旗本である伊勢貞衡とは、泰山も付き合いがある。平家傍流の血を引く貞衡と小烏丸の因縁についても、竜晴から事前に伝えていた。だから、重盛と貞衡が似ていることは泰山も予測できただろうが、はっきりと自分の目で見て、驚いたようだ。

ところが、それを伝えてしまうと、すぐに表情を改め、

「あのな、竜晴」

と、きまり悪そうな様子で続けた。

「中宮さまがお前に訊きたいことがあるそうだ」

「私に、か」

さすがに、竜晴にも思いがけない話であった。

「賀茂殿の名をお出ししたら、陰陽師の賀茂氏かというお尋ねだったので、そうだとお答えした」

と、泰陽が横から口を挟んで言う。

確かに、竜晴の先祖は陰陽師であるし、竜晴自身、江戸の世でその力を使っていたので嘘ではない。

「中宮さまのお話とは、いかなることでしょうか」

少しでも事情に通じていそうな泰陽に尋ねてみたが、泰陽もそこまでは分からないと言う。

「私は池殿へ行く約束があるゆえ、先に失礼するが……」

泰陽が池殿――平頼盛の邸へ往診に行く話は、先ほど竜晴も耳にしている。竜晴と中宮の話が終わるのを待つことはできないようだ。

「私も泰陽殿と一緒に失礼するよ。中宮さまがお呼びになっているのは竜晴だけだからな。お前の帰りの牛車については、中宮さまがご手配くださるらしい」

と、泰山が続けて言った。過分な計らいだという気がしたが、竜晴は受け容れた。

「まあ、竜晴さまはお残りになるのね」

「でしたら、今宵《こよい》はこちらでお泊まりになられては？」

若い女房たちの間から歓声が上がったが、年かさの女房に睨まれると、それも静まった。

「では、私は中宮さまからのお話を伺ってから、帰ることにいたします」

竜晴は落ち着いて答え、その場で泰山たちと別れた。すると、

「それでは、賀茂殿はこちらへどうぞ」

と、すぐさま年輩の女房が案内に立つ。先ほど泰陽や泰山が向かった奥の御座所ではなく、どうやら別室へ移動させられるらしい。

「あら、どこへおいでになるの」

と、若い女房たちがついていきたそうな表情を見せたが、「誰もついてきてはならぬ」と年輩の女房から厳しく言われると、皆、すごすごと引き下がった。

それから、竜晴は案内役の女房のあとについて、長い廊下をひたすら歩かされた。途中、建物と建物をつなぐ渡殿《わたどの》を通って、別の建物へ移ってからもさらに歩き続け、やがて目当ての部屋へ到着した。

招き入れられた部屋は、仕切りによって狭く区切られている。おそらくは、女房のような身分の人が使う部屋であろうと、竜晴は見た。

「こちらでお待ちを」

部屋の奥には几帳が立てられており、その向こうにも出入り口があるらしい。案内役の女房は几帳の向こう側を示し、「あちらに中宮さまの言葉を預かった者が参る」と告げた。

「ご下問には正直に、かつ速やかに、お答えなされませ」

話が終わったらまた迎えに来ると言い置き、女房はいったん部屋から出ていった。

一人きりになると、急に静けさが迫ってきた。外の光も入ってはくるが、わずかなものなので昼間でも薄暗い。

しばらく一人で待っていると、やがて几帳の向こう側に衣擦《きぬず》れの音がして、人の入ってきたことが分かった。

「賀茂殿に間違いありませぬか」

澄んだ女の声が聞こえてくる。

先ほどの騒々しい女房たちとは比べものにならない、涼やかな声であった。さすがに、中宮のそば近くに仕える女房ともなれば、風情からして違っている。

「はい」

竜晴は静かに答えた。その声が几帳の奥へ吸い込まれていく。一方で、どういうわけか、几帳の冷ややかな絹の布地に、自分の声が跳ね返されたようにも感じられた。この相反する感覚を、竜晴は自分でもどう受け止めればよいのか、よく分からない。

「中宮さまの仰せを承ってまいりました。賀茂殿には私の問いに、お答えいただきとうございます」

「かしこまりました」

「賀茂殿は橘医師殿のもとにおられるそうですね。ならば、小松殿の今の状態についてもご存じでしょう」

「聞いてはおりますが、私は医師ではありませんので」

「ですが、陰陽師なのでしょう？」

女房はすかさず切り返してきた。

「それは、そうですが……」

「でしたら、小松殿に憑いた物の怪《もののけ》を祓《はら》うことができますか」

女房の声は切実な響きを帯びていた。

「……小松殿には、物の怪が憑いているとお思いなのですか」

「はい。そうとしか思えません。物の怪のせいで病にかかり、薬も飲まぬなどと言い張るのでしょう」

「中宮さまもさぞやお悲しみでございましょうね」

「え？ ええ。まことに、中宮さまはたいそう悲しんでおられます」

女房は声を震わせる。

「立花泰山は龍の髭を勧めたそうですが……」

「はい。小松殿はそれすら要らぬとおっしゃいましたが、中宮さまがせめてそれだけは――と願い、ようやく受け容れたのです」

「龍の髭は山菅の別名とも言われるそうですね。中宮さまは小松殿と山菅を詠んだ歌について話しておられたとか。先ほど女房殿たちから伺いました」

「そう……ですね。山菅を詠んだ恋の歌は、深く心に沁《し》みるものですから」

「中宮さまがお口になさった歌とは、どの歌だったのでしょう」

竜晴が問うと、几帳の向こうの女が少し緊張する気配が伝わってきた。やがて、女の悲しみに濡《ぬ》れた声が一首の歌を口ずさむ。

あしひきの山菅の根のねもころに　我《あ》れはそ恋《こ》ふる君が姿に

「山菅の根が深く根付くように、私もあなたのことを深くお慕いしています。中宮さまはその歌を小松殿に向かって、口ずさまれたのですか」

「相手が小松殿だから、その歌を口ずさんだわけではないでしょう」

「まことにそうですか」

几帳の向こうが再び緊張する。女は無言を通した。

「あなたは本当に澄んだ声をお持ちなのですね。まるで蓮《はす》の上に宿った白露《しらつゆ》のようなー―」

「何をおっしゃるのでしょう。私は……中宮さまのお使いなのですよ。あなたはただ、小松殿に憑いた物の怪を祓えるかどうかを答えればよいのです」

女の声にわずかな険《けん》が含まれた。

「祓えますとも。本当に物の怪が憑いているのであれば――」

「どういうことです。物の怪は憑いていないと言うのですか」

「はい。小松殿には物の怪など憑いていないと、私は思っております」

竜晴はつと立ち上がった。どうしてそんなことをしたのか、自分でも分からない。そうしようというつもりもなかった。だが、気づいた時には、几帳の布に手をかけていた。

「何かが憑いているとすれば、あなたの方ではありませんか」

虚を衝かれた女が慌てて扇で顔を隠す。だが、一瞬、竜晴と女の目が合った。驚きに目を瞠《みは》る顔も、ほんの須臾《しゅゆ》ではあったが見えた。

――春の佐保姫《さほひめ》か、秋の龍田姫《たつたひめ》か。

これほど美しい人は見たことがない。

胸の奥のさらに奥の方で、固く凍《こご》えていた何かがふわっと溶け出していく。

あっと思った時にはもう、女は几帳の向こうの出入り口へ身を翻《ひるがえ》していた。思わず伸ばした指先が女の衣装の上を滑り、空《くう》をつかむ。

女もまた焦っていたのだろう。手にしていた扇をその場に落としていった。

竜晴は扇を拾い上げた。

開けてみると、やや暗めの金色の下地に散り際の桜が描かれている。華やかさと虚しさを同時に催させる絵柄の上には「あしひきの山菅の根のねもころに」と書かれていた。先ほど中宮が口ずさんだという古い歌の上《かみ》の句《く》である。

もともとこの歌を書いた扇を持っていたわけではあるまい。それならば、歌に合わせた絵が描かれていなければおかしいのだから。

おそらくは先ほどのやり取りを経て、つい扇に書きつけたくなったのだろう。そうであれば、この扇の持ち主は――。

竜晴は拾い上げた扇を左の袂《たもと》にそっと落とし込んだ。


その日、竜晴は中宮御所で用意するという牛車を断り、六条にある泰陽の邸まで歩いて帰った。

すでに帰っていた泰陽や泰山と言葉を交わし、出迎えた抜丸には、池殿と呼ばれる平頼盛――抜丸のかつての主人のことを話して聞かせる。池殿へ出向いた泰山は頼盛に対面したというので、「ならば、抜丸に頼盛公のことを話してやってくれ」

と頼んだ。

そうしたもろもろのやり取りが、どこか上滑りしているような――まるで本当の自分はどこか別のところにいて、魂の抜け殻だけが動いているような、妙な感覚を竜晴は味わっていた。

初めての経験だった。

地に足がついていないような、不確かで危うい自分を持て余しているというのに、確かな実感を持てるものもある。それは、あの女人が落としていった扇――。山菅の歌が書かれたあの扇だけが、この世でただ一つの確かなもののように思えるのは、どうしてなのか。

日も落ちて、残照がたゆたう春の庭を見ながら、竜晴は扇を手にしていた。淡い夕方の光だけでは、筆の跡は定かには見えない。それでも、竜晴の目には、あの女人の想いを宿した言の葉がくっきりと浮かび上がってくるように見えた。

悲しく切なく、痛ましい想いの言の葉だった。

「竜晴」

ふと気づくと、傍らに泰山が立っていた。

「隣、いいか」

　竜晴が何とも言わぬうちから、泰山は傍らに座った。

「お前、その扇はどうしたんだ」

「あちらで……言葉を交わした人が落としていったものだ」

「そうか。それをじっと見つめているということは、お前はその人に心を奪われたというわけか」

「心を奪われた……？」

　竜晴は顔を上げ、泰山の顔を見つめた。夕明かりで見る泰山の表情はどことなく寂しそうでもあり、嬉しそうでもあった。

「……よく分からない」

　竜晴は正直に答えた。再び扇に目を戻したが、やはり答えはよく分からなかった。

「今目の前にいない相手を懐かしく思い、もう一度会いたいと願い、できるならずっとそばにいたいと望む。今のお前はそう見えるが……」

「やはり……よく分からぬ。だが、そうではないと言うこともできない」

「そういう気持ちを……恋と言うのではないか」

躊躇いがちに泰山が口にした言葉に、「我れはそ恋ふる君が姿に」と口ずさんだ女人の声が重なる。

「私は、その人としばらく言葉を交わしはしたが、姿を見たのはほんの一瞬だった」

「一目見ただけで恋をすることはあるし、姿を見なくとも、相手を恋しく思うことはあるだろう」

「そう……なのか。よく分からぬが」

「私も知った口は利けないが、そうだろうと思う」

会話が途切れると、沈黙が庭を埋める。

「相手は中宮さまにお仕えする女房殿か」

「………」

「お前のような男が一目で恋をする相手とは、どんな女人か、見てみたいところだ。まさか、あそこでお前に群がっていた若い女房衆の一人ではないだろう？」

泰山が軽口混じりに問う。

「女房殿……ではない」

「どういうことだ」

「私が会ったのは……中宮さまだ」

今度は泰山が絶句した。しばらくの沈黙の時を経て、

「そうか」

と、泰山が気の抜けたような声で言った。

「それは、何ともつらい恋だな」

「……うむ」

「だが、たいていの人はつらい恋をしている」

妙に力のこもった声で、泰山は告げた。

「そういうものか」

「そういうものだ」

言い切った後、「と思う」と情けなさそうな声で付け加える。

「そうか」

竜晴は納得した声で応じた。今さらながら、泰山を優しい男だと思った。

三

それから、数日後のある日。

重盛はいつものように、中宮の御座所へ向かい、徳子に挨拶をした。妹とはいえ、その前には御簾が下がっており、顔を見ることなど叶わない。本来ならば、直《じか》に言葉を交わすこともままならない身分の人だが、さすがに兄であることをもって、それは許されていた。

先日、医師の橘泰陽が徳子に余計なことを吹き込んだのには閉口した。自分の体のことは、自分がいちばんよく分かっている。自分の命はもうそれほど長くはもたないだろう。

助かる命であれば、薬を手に入れるため、財をつぎ込むことも受け容れたかもしれない。だが、助からない命のために、財を使うのは愚かなことだ。それはただの気休めでしかない。財は自分の死後も生き続ける人たちのためにこそ使うべきであろう。

医師である橘泰陽が治療を優先するのは仕方ないことだが、とはいえ、徳子を巻き込む算段をしてくるとは思いも寄らなかった。

今や自分よりも高い地位にある徳子から言われれば、それを無下にすることはできない。それだけではなく、あの妹の言葉には逆らえないのだ。

一族から娘を入内させ、その腹から生まれた皇子《みこ》をこの国の帝と為す。平家一門の大掛かりな、そして数十年前なら身のほど知らずとしか言いようのない宿願を、たった一人の若い娘に押し付けた。

今も徳子は皇子の母となっていないことに、苦しんでいるだろう。自分をはじめとする一門の人々の期待の眼差しは、徳子の心を傷つける刃《やいば》となっている。

それでも、父の清盛も自分も、一族から中宮と帝を出すことを願った。そして、それを成し遂げられる娘は徳子しかいないと思った。

――許してくれ。

徳子に対する想いの底には、常に罪悪感があった。

だから、徳子の言うことには逆らえない。そうした暗い怨念のような情は、決して誰にも知られまいとしてきたのに、泰陽のような他人にあっさりと感づかれるほどのものだったのか。それとも、身分の高い徳子の言葉であれば重盛も逆らえまいという、単純な理詰めの判断か。

きっと後者に違いないと、重盛は考えた。

あの場では、半夏と麦門冬の服用を承知することで、人参や黄金花を使う半夏瀉心湯の服用をしりぞけることには成功した。だが、徳子はまだあきらめていないかもしれない。今日も話を蒸し返されたら、どうやって逃れればよいものか。

いささかの不安はあったが、その日の御前に変わったところは特になかった。

女房たちは皆、華やかに着飾り、色とりどりの花のごとく御前を埋め尽くしている。これも平家一門に力があるからできることだ。

力のある后《きさき》のもとに、有能な女房たちは集まってくるし、そういう后だからこそ、帝の寵愛《ちょうあい》を受けるに値《あたい》する。そのためには財が入用になるし、財とはそういう使い方をしなければならない。

重盛は徳子に挨拶し、御前の女房たちも交えて、他愛のない話を交わした。重盛や徳子の親族である公達がどこぞの女房に文《ふみ》を送っただの、今度の歌合《うたあわせ》はどこの邸で行われるだの、そういった毒にも薬にもならない話だ。

　重盛は適当に話を合わせ、徳子が時折漏らす笑い声や澄んだ声色《こわいろ》に耳を傾けた。特に気がふさいでいるような気配は感じられない。

　ならば、先日、橘泰陽からもたらされた薬の話はあれで納得してくれたのだろう。

　重盛はほっとし、やがて御前を下がることにした。

「小松左大将《さだいしょう》さま」

　徳子付きの女房から声をかけられたのは、部屋を出てからだった。

「中宮さまがもう少しお話をなさりたいと仰せでございます」

　徳子に古くから仕えている口の堅い女房である。

「お話なら、先ほどしたばかりだが……」

「あちらでは、お話ししにくいことなのではありませんか」

　女房は抑揚《よくよう》のこもらぬ声で切り返し、「どうぞ」と有無を言わさず告げた。忙しいからと断ってしまうこともできぬわけではないが、なぜかできなかった。

　重盛は気が咎めつつも、操られたように女房のあとについていった。

　そして、ずいぶん長く歩かされた挙句、あまり広くない曹司《ぞうし》に招き入れられた。奥には几帳が設《しつら》えられ、その向こう側にも出入り口があるようだった。

「しばしお待ちを」

女房はそれだけ言い置き、去っていった。

この几帳の向こう側に徳子が来るということだろうか。しかし、中宮ともあろう人がこんな狭い曹司に来るのか、という疑問が浮かぶ。それとも、そうまでして人の耳を遠ざけたい話があるのだろうか。そう思った時、しまったという気持ちが胸を走った。

徳子が再び薬の服用を勧めてくることへの警戒心は持っていた。だが、その話であれば、他の女房たちが大勢いるところでもできただろう。むしろ、その方が重盛を説得しやすいと考えるはずだ。

ならば、こんな人気《ひとけ》のない場所に重盛を呼び出し、徳子が語ろうとしていることは何か。

——言はで思ふぞ言ふにまされる
入内前の徳子が他に人目のない牛車の中で、口にした言葉がよみがえる。

——口に出して、想いを伝えるより、言わずに秘めた想いの方が勝《まさ》っているのです、兄上さま。

あの時、徳子はまだ少女だった。

自分を慕ってくれる気持ちは痛いほど伝わってきたが、兄を慕う気持ちと男を想う気持ちの区別がついているとは思えなかった。あの頃の徳子が知る男といえば、父や兄弟といった身内しかいなかったのだ。

入内すれば、気持ちは変わる。

そう信じ、それを願った。自分に言い聞かせもした。

重盛はあの時、徳子の言葉に無言で答え、やがて徳子は入内した――。

あれから数年、徳子の心が変わっていないなどということがあろうか。あるはずがない。

重盛の脳裡《のうり》を思い出が駆けめぐる。

重盛は立ち上がれなかった。立ち上がり、すぐにこの場を去らなければならない、去るべきだと思うのに、どういうわけか、体から根が生えたように立ち上がることができなかった。

やがて、几帳の向こうに人の気配がした。

几帳に遮られて、その顔も姿も見えないのに、そこにいるのは徳子だと分かった。

徳子は何の躊躇もなく、几帳の布をめくり、重盛の方へ身を寄せてきた。御簾越しには頻繁に顔を合わせていながら、入内後の徳子の顔をこんなに間近に見たことはない。

（ああ、兄姫《えひめ》はこんなにも……美しく大人びていたのだな）

入内前の徳子の面影がよみがえり、その時に呼んでいた名が自然と浮かんだ。

「兄上さまは半夏と麦門冬をきちんと飲んでいらっしゃいますか」

徳子は訊いた。

「うむ。それは約束だからな」

「半夏瀉心湯はやはり飲んでくださらないのかしら」

「それは……やはり気が進まぬ」

「そう」

もっとあきらめが悪いかと思ったが、意外にあっさりと徳子は引き下がった。

「兄上さまはもう、ご自分の命をこの世に長くつなぎ留めようというお気持ちを、お持ちではいらっしゃらないのね」

「兄上さま」

歌うような調子で徳子は言う。

「それは……」

「わたくしには分かるの」

徳子は重盛の口を己の人差し指で封じて告げた。

「兄上さまのことは何でも」

ふふっと無邪気な笑みを漏らす。

「でもね。それが、わたくしをどれだけ悲しませることか、兄上さまはご存じでいらっしゃるのかしら」

徳子の顔から笑みが消えた。

重盛は深く大きな悲しみにとらわれた。

「わたくしは先日も、きちんと想いを言の葉にしましたのに……」

徳子の双眸《そうぼう》が潤み始める。

「兄上さまはまたしても、わたくしの言の葉を聞き流されるおつもりなのね」

「中宮さま、私は……」

「兄上さま、誰かの真剣な想いの言の葉を聞かなかったことにしてしまうのは、とてもいけないことだわ」

徳子は諭《さと》すような物言いをした。

「だって、それは言の葉の神さまを汚す行いなんですもの。たとえ受け容れられぬ想いであろうと、言の葉だけは受け止めて返さなければ――。わたくしは兄上さまに想いを受け容れてほしいなんて願っていませんわ。わたくしが望むのはただ、わたくしの言の葉に、兄上さまの言の葉で返していただきたいだけ」

徳子はそれから、先日口にした歌をもう一度口ずさんだ。「あしひきの山菅の根のねもころに我れはぞ恋ふる君が姿に」――『万葉集《まんようしゅう》』にある恋の歌だということは、重盛も分かっている。

あの時、重盛は歌に対して、歌で返しはしなかった。だが、徳子は歌で返してくれることを望んでいる。それが、徳子を拒絶する言葉であってもかまわないと言っている。

無論、帝の后である妹を受け容れるなどという道は断じてあり得ない。ならば、せめてその気持ちと妹の幸いを願う気持ちを言の葉にしよう。

重盛の覚悟が決まったのを察したかのように、徳子の指が重盛の口から離れていった。

妹《いも》待つと御笠《みかさ》の山の山菅の　止《や》まずや恋《こ》ひむ命死なずは

重盛は、徳子が使ったのと同じ『万葉集』から山菅の歌を口ずさんだ。

――愛《いと》しい人を待ちながら、山菅の花のようにやむことなく恋し続けよう、この命が尽きるまで。

これは、相手を拒絶する言葉などではない。命を懸けた想いを伝える恋の言の葉。

どうしてこんな言葉を口にしてしまったのか。そんなつもりはさらさらなかったというのに。

だが、そう思うそばから、悔やむ気持ちはあっという間にかき消されてしまった。

「兄上さま……」

徳子の震える声が熱く胸を焦がし、他のあらゆる雑念をすべて燃やし尽くしたからであった。

五章　小烏丸と重盛

一

竜晴と泰山が中宮のもとへ行ってから、数日が過ぎた。

小烏丸は去ったきりで、何の知らせもよこさない。竜晴は呪力が使えず、小烏丸をこの世界へ招き寄せた原因を探ることもままならなかった。

そんな中、平家一門の医師を務める橘泰陽が、かつての主人のもとへも出入りしていると知った抜丸は、前と同じやり方で、牛車の轅にしがみ付き、こっそり池殿へ行ってきたのだが……。

帰ってくるなり、「竜晴さま、どうも様子がおかしいです」と言い出した。

「どうした。お前の前のご主人に何かあったのか」

「何かあったというわけでもないのですが、私の知っている頼盛さまらしくない感じがして」

抜丸は困惑気味に言う。その話を聞きつけ、

「頼盛公の話ならば、私にも聞かせてくれ」

と、ついこの間、泰陽に付いて池殿へ行き、頼盛と対面を果たした泰山が言い出した。

「ところで、頼盛公とは清盛公の弟でいいんだな」

泰山は頭の中を整理するような表情を浮かべつつ、抜丸に確かめている。

「そうだ。お二人は母君が違っていて、年も離れておられた。頼盛さまは清盛さまより、そのご長男の重盛さまとご年齢も近かったはずだ。たぶん五、六歳しか離れてなかったのではないかと思う」

「重盛公はあの小烏丸のご主人だったな」

いちいち確かめる泰山に、抜丸は「ああ」とうなずき返す。

「清盛さまのご一族と、頼盛さまのご一族には、なかなかに複雑な因縁もあったんだが……」

抜丸は竜晴に目を向けると、

「医者先生がいろいろと知りたがっておりますので、本題に入る前に、ご一族の因縁について話してもよろしいでしょうか。竜晴さまはとうにご存じのことと思いますが」

と、尋ねた。

「うむ。泰山もここで暮らす以上、ある程度のことは知っておいた方がいい。特に平家一門の確執については大事なことだ。この邸の泰陽殿が深く関わっているのだからな」

「では、僭越《せんえつ》ながら、私から医者先生に話してやります」

おもむろに向き直った抜丸に、泰山は「私に対してはずいぶん雑な物言いだな」とぼやいたものの、背筋を伸ばして聞く姿勢になる。

「清盛さまが忠盛《ただもり》さまの息子でなく、白河院《しらかわいん》の隠し子だという疑惑があったことは知っているか」

「ああ、それは聞いたことがあるぞ。しかし、清盛公は表向き忠盛公の子となっていただろう。もしや抜丸殿は真実を知っているのか」

後世では、もはや真実を知りようのない歴史の謎である。泰山は少しわくわくし

た口ぶりで訊いたが、

「知らぬ」

抜丸の返事はにべもないものであった。

「清盛さまの母君が白河院のおそばにいたことも、その後、忠盛さまの妻となったことも事実だ。だが、真実どちらの子なのかということは、母君しか知らぬことだろう」

その生母は清盛が幼い頃に亡くなってしまい、清盛は忠盛を父として成長した。

一方、妻を亡くした忠盛は、後に新たな正妻を娶《めと》ったという。

「その方が、池禅尼《いけのぜんに》と呼ばれた方で、頼盛さまの母君だ」

「その話も聞いたことがあるぞ。確か源頼朝の命乞いをした人だろう」

「その通りだ。頼朝めの父親は平治《へいじ》の乱で、清盛さまの軍勢に敗れた。父親は殺され、頼朝も殺されるはずだったのだが、池禅尼さまのお情けで、伊豆への流罪で済んだのだ。頼朝の奴め、池禅尼さまと清盛さまの御恩を忘れおって、恥知らずめが」

ひとくさり頼朝の悪口を言い立てたものの、今は余計なことだったと冷静さを取り戻した抜丸は、さらに話を続けた。

「頼朝のことはいいとして、とにかく頼盛さまは忠盛さまの正妻の子であり、忠盛さまからもたいそうかわいがられていた。一方、清盛さまの父君は忠盛さまではないかもしれないと、当時から怪しまれていたので、実は家督相続はそれほど滑らかにはいかなかったのだ」

忠盛の死後まで、その根深い対立は続いたという。とはいえ、清盛が戦果をあげ、さらに清盛の義妹に当たる建春門院《けんしゅんもんいん》（平滋子《しげこ》）が高倉天皇を産むに至り、清盛の一族が嫡流《ちゃくりゅう》と定まった。一方、頼盛の一族は脇へ追いやられる形になったという。

「そんなこともあって、頼盛さまは何となく清盛さまの一族に疎《うと》まれていた。あからさまに何かされたわけではないが、頼盛さまご自身もはみ出し者と自覚なさっていて、面白くないご心境で暮らしておられたのだ」

抜丸はどことなく不服そうな口ぶりで言った。

「それでお前も、面白くない心境で暮らしていたというわけか」

竜晴が口を挟むと、抜丸は複雑そうな眼差しを向けてくる。

「まあ、ご主人のご心境は付喪神にも伝わるものですから」

「もしかして、抜丸殿は嫡流に伝えられたという小烏丸を、恨めしく思っていたのか」

　泰山が無邪気に問う。抜丸はきっと鋭い眼差しを泰山に戻した。

「恨めしく思っていたのではなく、私が格下なのは道理に合わぬと思っていたのだ」

　憤った口ぶりで言った後、抜丸は同意を求める眼差しを竜晴に向けてきた。

「あやつは結果として嫡流相伝の太刀となって、ずいぶんもてはやされるようになりました。もともとは、小烏丸も私も忠盛さまの持ち物で、当時は区別されることなんてなかったのに……。あちらが清盛さまへ、私が頼盛さまへ引き継がれたことで、あやつが私の上に立つなんて、どう考えたって間違っていると思いませんか」

「あ、まあまあ、抜丸殿。平家一門の確執については大体分かった。それより、抜丸殿が今の頼盛公について、様子がおかしいと思った件について、聞かせてもらおうか」

　泰山が抜丸をなだめた。

「ああ、そちらの話でした」

抜丸は思い出したように呟き、その後は竜晴に目を据えたまま話し続ける。

「私が頼盛さまのお邸、池殿へ忍び込んだ時、何と清盛さまがいらっしゃったんですよ」

「それは、驚くようなことなのか」

「そうですとも。今はええと、医者先生のご先祖に聞いた話では、安元《あんげん》三（一一七七）年でしたっけ。私の記憶じゃ、鹿ヶ谷《ししがたに》の山荘で御一門を滅ぼす陰謀が企《たくら》まれた年のはずです。企んだのは後白河《ごしらかわ》法皇さまですが……。とにかくその中には、頼盛さまの北の方（正妻）の親戚や、重盛さまの北の方の親戚も含まれていて、お二人とも面目を失ったんです」

それなのに、抜丸は先ほど池殿で、清盛と頼盛が仲良く語らっているのを目にしたという。

「鹿ヶ谷の陰謀が発覚するのはもっと先のことではないのか。今はまだ春だから、発覚前とすれば、二人の仲がこじれていなくても不思議ではあるまい」

「確かに発覚するのはもっと先、確か夏も半ばを過ぎた頃でした。ですが、その数年前から頼盛さまは御一門の中で浮いておられたんですよ。それなのに、頼盛さまは本当に清盛さまに愛想よくしておられて……」

「孤立しかねないと焦っていたからこそ、清盛公のご機嫌を取らねばならなかったのではないか」

「まあ、ふつうはそうなるのでしょうが、頼盛さまは、その手のことがたいそう苦手な方だったんです。もっとうまく立ち回れていれば、清盛さまのご一族から、あも疎まれずに済んだと思うんですけど」

「ふむ。すると、お二人の仲睦《なかむつ》まじさは本気のものだと、お前には見えたわけだな」

「そうです。清盛さまも頼盛さまに、つらい思いをさせてすまなかったな、などとおっしゃっていました。もうしばらく待てば出世も叶うだろうから、自分を信じてくれ、というようなことも。何より驚いたのは、それから二人が連れ立って、後白河法皇さまの御所へ参ると話していたことです」

　抜丸は昂奮気味に訴えた。今が鹿ヶ谷の陰謀発覚の直前ならば、平家一門と後白河法皇の間はまさに一触即発の状態でなければおかしい。だから、清盛と頼盛が一緒に法皇のご機嫌伺いに行くことなど、とうていあり得ないというのである。

「それはつまり、今私たちのいるこの世界が、抜丸が知っている過去の世とは、違っているということだな」

竜晴は考えをまとめるように言った。

「そう決めつけてよいかどうかは分かりませんが、少なくとも私にはそう見えました」

抜丸の言葉を聞き、竜晴は再び考え込む。それから目を開けると、抜丸をしっかり見据えた。

「抜丸よ、重盛公が亡くなったのはいつのことか覚えているか」

抜丸はぶるんと身を震わせた後、

「確か、治承《じしょう》三（一一七九）年のことだったと思います。その直後、清盛さまが法皇さまを幽閉なさったので、忘れようもありません」

と、告げた。さらに、今年――つまり安元三年は秋に改元されて、治承元年になるのだとも付け加える。

後に建礼門院と呼ばれるようになる徳子が、安徳天皇を産むのは今から一年後の治承二年。時を置かず、その翌年、重盛が亡くなる。

安徳天皇の誕生は平家一門の栄華がまさに極まった瞬間であり、その後、一門の権勢はひたすら下降の一途をたどるのであった。

「ならば、この頃から、重盛公が体の不調をお感じになるのは史実に合っているわけだが、もしかすると、重盛公の身の上にも史実と違ったことが起きているかもしれない。泰山よ、泰陽殿を通してそのあたりをうまく聞き出せそうか」

竜晴は泰山に目を向けて問うた。

「分かった。医者として患者の容態を気にかけているというふうに、重盛公のことを尋ねてみる」

泰山はしっかりと請け合った。

「抜丸も引き続き、頼盛公の様子を探れるだけ探ってみてくれ。私は……そうだな。少し町へ出て、平家の人々に関する噂《うわさ》や評判を拾ってみることにする」

泰山と抜丸もできる限り、町の噂集めに力を尽くすということで、その日の話は終わった。


三日の後、竜晴と泰山、抜丸は再び集まって、それぞれの知り得たことを確かめた。

もともと対立していた清盛と頼盛の仲は睦まじく、今ちょうど平家打倒の陰謀をめぐらしているはずの後白河法皇と清盛との関わりも良好であるらしい。その上、町中での清盛の評判も上々で、『平家物語』ではたいそう驕《おご》り高ぶった権力者とされている清盛が「信心深く、慈悲深いお方」と言われていた。

「重盛公の様子も妙だ」

と、泰陽に探りを入れた泰山も報告する。

「あの方は、半夏瀉心湯の服用を断り、その後も考えを変えていないというのに、ここ数日でずいぶんとお健やかになられたそうだ。泰陽殿は半夏と麦門冬のお蔭かと言っていたが、そんなことはあり得ない。効き目が出てくるにしたところで、もっと先のことだし、重盛公の不調は心痛からくる腹痛と不眠と聞いている。それがわずか数日の生薬服用で、目に見えて改善するなんて」

起こり得ないことが起こったと、泰山は驚いている。

「重盛公の不調を引き起こした心痛の種が消えたから、とは考えられないか」

竜晴が問うと、

「ないわけではないだろうが、数日でというのはやはりふつうではない」

と、慎重な口ぶりで泰山は答えた。

重盛の心痛の種が、清盛と後白河法皇の不和であり、清盛と頼盛の対立であり、平家一門に対する世間の悪評であったとすれば、それらの改善が心身によい効果をもたらしたとも考えられよう。

だが、抜丸によれば、そうした改善の事実こそが史実と正反対なのである。

「どういうことだ。私が泰陽殿に麻黄や半夏瀉心湯について話したのがいけなかったのか。薬の処方を変えたことが重盛公の寿命を延ばし、史実を捻《ね》じ曲げることになってしまうのか」

泰山がすっかり余裕を失くした様子で訴える。

「落ち着け、泰山。わずか数日前に生薬を変えただけで、症状が激変することはないと、たった今、医者のお前が言ったばかりではないか」

「それはそうだが……」

「それに、世の中や朝廷の動きは、お前による泰陽殿への進言とは何の関わりもない」

竜晴が落ち着いた声で語るのを聞き、泰山も納得した様子を見せた。

「では、竜晴さま。これはどういうことなのでしょう」

抜丸が意を決した様子で問う。

「うむ。これまでのことを考え合わせ、私がたどり着いた結論は一つだ」

「お聞かせください、竜晴さま」

抜丸が必死の眼差しを向けてくる。

「私にも聞かせてくれ。どんな答えであっても、取り乱さずに聞くつもりだ」

泰山も覚悟を決めた表情を浮かべていた。

竜晴は抜丸と泰山に目を据え、ゆっくりと口を開く。

「私たちが今いるここは、現実ではない幻の世界ということだろう」

竜晴が一息に告げた後も、抜丸と泰山はしばらくの間、無言であった。

二

泰山がようやく口を開いたのは、しばしの放心から覚めた後のことである。

「竜晴、ここが幻ということは、我々も皆、幻になってしまったということか」

「幻になったわけではない。我々が幻の世界に入り込んでしまったということだ」

「ならば、我々は確かに生きていると考えてよいのだな」

「生きていることを、死なないことと同義にとらえるならば、我々はまだ死んではいない」

　泰山が問い、竜晴が答えるということをくり返した後で、

「もう少し分かるように言ってくれ」

　と、泰山が閉口した様子で言った。

「うむ。私たちが蜃気楼の中に入ったことは分かるな。蜃気楼は、私たちが元いた世とは別の世界を映すものだ。呪力を用いることで、その別の世界へ私たちは移動した」

「そこまでは分かる。つまり、ここは蜃気楼の中だから幻の世ということか」

「まあ、そうだが、私はしばらくの間、こう思っていた。ここは、過去に在《あ》った現実《うつつ》の世界なのだ。我々は時を遡《さかのぼ》り、昔の世へ渡ったのだと――」

　竜晴の言葉に、泰山は深々とうなずいた。

「確かに、私もそう思っていた」

「私もです」

泰山の後に、抜丸も続けて言う。

「だが、そもそも、それが間違っていたのだろう。ここは過去に在った現実の世ではない。過去にも存在したことのない、蜃が生み出した幻の世界なのだ」

「ということは、我々以外の人々――つまりは泰陽殿や重盛公などは皆、幻ということか」

「そうだな」

竜晴の短い返事に、泰山は再び困惑気味の表情を浮かべた。

「しかし、竜晴さま。医者先生のご先祖も重盛さまも、私の目にはちゃんと生きているように見えます。そういう点では、竜晴さまや医者先生と変わりありません」

抜丸が落ち着いた声で異を唱える。

「もちろん、幻の中とて命ある者は生きている。この世界を創《つく》ったものがそのようにしたのだから」

「この世界を創ったものとは、蜃のことか」

泰山が必死に思考をめぐらして問うた。

「いや、蜃にはそれは無理だろう」

と、竜晴は静かに答えた。

「蜃が創った世界にしては、細部がしっかりしすぎている。蜃が過去の都のありさまやそこに暮らす人々について、こんなにくわしく知っているはずがないし、知らなければこの世界を創り出すことはできまい」

「この幻の世界は誰かの頭の中で創られたもの、ということか」

「そうだ。蜃は意図せずして幻の世界とつながってしまい、小烏丸を呑み込んでしまった。私は小烏丸の気配を追ってきたため、幻の世界と知らず、お前たちを連れてきてしまったというわけだ」

「では、この世界を創っているのは、誰なんだ」

泰山は首をかしげている。

「かつて江戸湾に蜃気楼が出た後、人々は眠りに就いた。そして、夢を見たはずだ」

「あっ……」

泰山が驚きの声を上げた。泰山もそうして眠りに就いた人々の中の一人である。

「あの時、お前はどんな夢を見た。自分に都合のよい夢を見たのではなかったか」

「そ、それは確かに……」

一瞬怯《ひる》んだ泰山は、すぐに表情を引き締めると、

「もしや、ここは誰かの夢の中だということか」

と、大きな声を出した。

「そうだ。ここと同じ時代に生きている誰かの夢の中、そう考えれば辻褄《つじつま》は合う」

「竜晴さま、まさか――」

抜丸があることに思い至った様子で、声を震わせる。竜晴は抜丸と目を合わせ、互いに考えていることが同じであると確信した。

「ここは、重盛さまの夢なのでしょうか」

「私はそう考えている。それならば、重盛公に縁の深い小烏丸が吸い寄せられたのも分からなくない。その上、ここの世界は重盛公にとって、都合のよいように進んでいる」

竜晴の言葉に、抜丸も泰山も反対の考えは述べなかった。

「重盛さま……つまり、現実の重盛さまは今、お眠りになっているということでしょうか」

「そうだろうな」

「重盛公が目覚めなければ、我々はずっとここに閉じ込められるというわけか」

泰山が茫然と呟く。その語尾は掠れていた。

「泰山よ、永久《とこしえ》に目覚めぬ人間などいない」

竜晴の言葉に、泰山がはっとなる。

「目覚めぬ人はやがて死ぬ。つまり、このまま重盛公が目覚めぬまま亡くなってしまえば……」

「私たちも消えてしまうということだな」

抜丸がぶるっと身を震わせた。

「では、重盛さまに目覚めていただくには、どうすればよいのでしょうか」

「これが夢だと悟ってもらうしかないだろう。泰山の時も、夢の中の泰山に働きかけることで、目覚めさせることができたからな」

「おお、そうだった。確かに、あの時は竜晴が夢の中に現れ、これが夢だと教えてくれた。重盛公にもこれが夢だとお伝えし、重盛公がそれをお認めになれば、目覚める見込みは十分にある」

泰山が声に力をこめて言う。抜丸は少し考え込むふうであったが、「竜晴さま」と改まった様子で呼びかけてきた。

「重盛さまにそのことをお伝えする前に、小烏丸に今のことを話してやりたいのです。許していただけますでしょうか」

抜丸の目は真剣そのものだった。

「今すぐにでも小烏丸のところへ参ります」

飛び立てる翼も持たぬ身で大真面目に言う。

「竜晴よ、私からも頼む。私が抜丸殿を小松殿まで連れていこう」

と、泰山が口添えした。

「分かった。重盛公の目覚めを促すのは、一刻を争うことでもないから、小烏丸のことは任せよう」

「ありがとうございます、竜晴さま」

抜丸はいつになく安堵した様子で言い、泰山と目を見交わしてうなずき合った。

それから、抜丸は泰山に連れられ、小松谷にある重盛の邸へ向かった。この日は泰陽が一緒ではないから、牛車ではなく歩きである。

場所を知る抜丸の道案内により、抜丸の運び役を務めた泰山は、小松殿の門前で抜丸と別れて引き返してきた。

「帰りは、小烏丸に運んでもらうと言っていた。一回では説得がうまくいかないのではないかと思ったが、帰れと言われたのでな。逆らえば、侮辱するのかと言い出しかねぬ様子だった」

抜丸より先に戻ってきた泰山は告げた。

「付喪神は誇り高いものだ」

と、竜晴は言葉を返す。

「それに、忠義に厚いものなのだろう？」

泰山が続けた言葉に、「その通りだ」と竜晴はおもむろにうなずいた。

それから、半刻（約一時間）ほど後のこと。

抜丸はまさに自らの言葉に違《たが》わず、見事、小烏丸を説得し、その足にしがみ付いて戻ってきた。

「おお、小鳥丸が戻ってきたぞ、竜晴」

泰山が庭に舞い降りた小鳥丸を出迎えに行く。

「小鳥丸が、ではない。抜丸さまが小鳥丸めを屈服させて戻ったのだ。小鳥丸めは私の乗り物にすぎぬ」

抜丸がいつもの調子で、つけつけと言う。

「何をほざくか、この無礼者めが。小鳥丸さまを乗り物扱いするとは――」

抜丸に対してはいつもの調子で言い返したものの、小鳥丸はさすがに気まずそうであった。抜丸が泰山の開けた戸をくぐり抜け、するすると中へ入った後も、軒先でもじもじしている。

「何をもたもたしている。この愚か者めが」

抜丸が小鳥丸を叱りつけた。

「まあまあ」

と、泰山が抜丸をなだめつつ、

「早く入って、竜晴に顔を見せてやれ」

と、小烏丸を優しく促す。

「う、うむ。医者先生がどうしてもと言うなら、そうしてやらぬでもないが」

「私がではない、竜晴が待っているのだ」

「そうか。竜晴が我を待っていたのか」

小烏丸の声がにわかに明るくなる。

足取りも軽く、部屋へ入ってきた小烏丸に、抜丸が尖《とが》った声を出した。

「竜晴さまが待っていたのはお前ではなく、この私だ。私が首尾よくお前を乗り物として、ここへ戻ってくるのを待っておられただけだ」

「まあ、それはどっちでもいいじゃないか。竜晴は小烏丸と抜丸殿を待っていた。そうだな」

泰山が二柱《ふたはしら》の付喪神たちを取りまとめるように言う。

「うむ。待っていたには違いない」

竜晴は言った。

「そうか」

小烏丸は自分にだけ都合のよいとらえ方をしたようである。

「それで、小烏丸よ。抜丸からこの世界がどういう成り立ちをしているか、私の推測を聞いたのだな」

「う、うむ」

小烏丸は真剣な眼差しになり、うなずいた。

「ここが四代さまの夢の中というのはよく理解できた。我も竜晴の言う通りだと考えている」

そう言ってから、小烏丸は目をそらした。

「我も少しばかりおかしいとは思っていた。四代さまが我と話ができるのも、驚くほど速やかにお健やかになられたのも――」

「認めたくなかったのではないか。これが重盛公の夢の中であり、現実でないなどということは――」

竜晴の問いかけに、小烏丸は少し躊躇いながらもうなずいた。

「初めに、抜丸から話を聞かされた時は、怒りを覚えた。そんなはずはないと言い返しもした。だが、正直なところ、心のどこかでは納得もしていたんだ。やはり、どう考えてもおかしなことが起きていたから……」

「では、お前は重盛公を目覚めさせることに反対はしないのだな」

　小烏丸は竜晴に目を戻した。黄色く光る目がかすかに揺れている。

「四代さまが目覚めなければ、竜晴たちが元の世界へ帰れなくなってしまうのだろう？」

「そうだ」

「ならば、反対などはしない。竜晴には無事でいてほしいからな」

　小烏丸はきっぱりと告げた後、

「だが……一つだけ願いがある。竜晴にはそれを聞いてほしい」

と、どことなく切羽詰まった様子で続けた。

「話してみるがいい」

「うむ。我の本体のことなのだが、我の記憶によれば、壇ノ浦の海の底に今も沈んでいるはずだ。我を受け継がれた宗盛《むねもり》さまが海に沈めようとした時のことを思い出した。そして、その直前、付喪神としての我が生まれたことも――。付喪神は本体と長く離れていれば、弱っていき、やがては消える。それなのに、我は生き続けた。竜晴はそれが不思議だと言っていたな」

「そうだ」

「その理由も今の我には分かっている。生まれた瞬間、四代さまの魂が我の魂の中に入ってくるのを感じたのだ。本来、生まれてすぐに死ぬはずだった我は、四代さまの魂の力で生き長らえた。今も我がこうして生きていられるのは、四代さまの魂の力によるものだ」

小烏丸の告白には、抜丸も驚いた表情を浮かべているから、今初めて聞いたのだろう。

「重盛公の魂とは、死霊《しりょう》となった魂ということだな」

壇ノ浦の合戦の時にはもう、重盛は死んでいた。死してなお、その魂は成仏することなく、一門の人々と共に西国の海上をさすらっていたということなのだろう。

「四代さまの死霊に、どうしてそんな力があったのかは分からない。だが、我の想像では、四代さまは死んだ後もなお、一門の人々を見守る力を残した上で、命を終えたのではないかと思う。そして、最後にはその残った力を、我を生かすために使われたんだ。だから、きっと四代さまは成仏さえしておられないと思う」

小烏丸は痛ましげに呟いた。

「四代さまの命が尽きるのは宿命であり、その事実を捻じ曲げるのがいけないのは分かる。四代さまの魂が一門の人々を見守り続けたこと、我を助けてくれたことについても、我がとやかく言うようなことではない。だが、そうなっても、四代さまの魂に余力があれば成仏は叶うのではないだろうか。我の望みはそれだけだ」

「重盛公はお前を助けるために、魂の余力をすべて注ぎ込んだのだろう。さらなる力はどこにも余っているまい」

「うむ。だから、今の我の呪力を使ってほしいんだ」

　小烏丸は覚悟を決めた様子で告げた。

「壇ノ浦で四代さまの魂が力尽きるその瞬間、ご自身の成仏のために使えるように――。それならば、この時代の我を助けてくれる四代さまのお気持ちを無下にしないし、史実を変えることにもならない。竜晴なら、そうやって呪力の使用に制約を付けることも可能であろう？」

「待て、小烏丸」

　竜晴が答えるより先に、抜丸が口を開いた。

「お前は重盛さまの魂の力で生き延びられたと言った。ならば、その力を重盛さまにお返ししてしまえば、お前自身は……」

「もちろん、今ここにいる我は消えるのだろう」

小鳥丸はそれまでになく落ち着いた声で告げた。

「だが、もともと四代さまのお力で生き長らえた付喪神だ。四代さまのために命を使うのは、当たり前の恩義だと思っている」

小鳥丸の声からは少しの迷いも感じられない。先ほど揺れているように見えた両眼も、この時は強い光を放っていた。

「お前が命を懸けて、今の言葉を述べたことは分かった。それを無下にするつもりはないし、受け容れるつもりだ。だが、ここで返事をすることはできない。なぜなら、まだ重盛公の考えを聞いていないからだ。私は重盛公がよしとしない限り、お前の頼みを聞くつもりはない」

竜晴もまた、迷いのない口ぶりで告げた。

「分かった」

小鳥丸は静かに返事をする。

「四代さまに我の考えをお伝えして、お考えを聞こうと思う」

小烏丸と竜晴は目と目を見交わし、うなずき合った。傍らの抜丸と泰山もまた、不安げな眼差しを交わし合っていた。

三

小烏丸は先に小松殿へ向かい、重盛に竜晴たちが来ることを伝えておくと言う。

「夢の件については、お前から話すことはない。すべて私に任せてくれ」

竜晴は小烏丸に告げた。この世界の重盛に――おそらくは現実がこうであったらという望みがすべて叶った今の重盛に、引導を渡すのは自分の務め。小烏丸にそれをさせるつもりはない。

「分かった。竜晴に任せる」

と、小烏丸は答え、飛び立っていった。

それから、竜晴と泰山、抜丸は小松殿を目指した。

「小烏丸をあそこまで説得するのは、難儀だったろう」

道中、竜晴は自らの右の袂に入っている抜丸を労《ねぎら》った。

「いえ、自分で言っていたように、あやつ自身もおかしいとは思っていたようですから」

抜丸は竜晴の袂から器用に鎌首だけを出して言う。

「それでも、認めたがらなかったろう。重盛公にとって都合のよい世界は、小烏丸にとっても都合のよい世界なのだからな」

「お察しの通り、しばらくはごねていましたが、竜晴さまがこのまま夢に閉じ込められていてよいのかと叱りつけますと、急におとなしくなりまして……」

「そうか。苦労をさせたな」

「ただ、自分の魂を重盛さまにお捧げしたいというあやつの本心は、打ち明けられるまで気づきませんでした。たぶん、私の説得に応じた時にはもう、あやつの頭にあったのでしょうが」

抜丸は口惜しそうに言う。小烏丸が命を差し出そうとしていることへのやるせなさ、それに気づけなかった自分への腑甲斐《ふがい》なさが、抜丸の心を占めているのだろう。

「お前が気に病むことはない。小烏丸が本体と離れて生き長らえた理由は、お前にも私にも知りようのないことだからな。ずっと謎だったが、その鍵が重盛公の魂だったとは私も驚いた。聞かされれば、さもあろうとは思ったが……」

「まったくです。あやつが生まれた直後に死すべき運命に見舞われていたとは、私もまるで知りませんでした」

前に、重盛のことをひそかに慕っていた祇王《ぎおう》の死霊が、江戸の世で竜晴に重盛の成仏を頼んだことがあった。あの時、なぜ重盛が成仏していないと思うのか、祇王はその理由を明確に答えられなかったし、竜晴もまた、そんなことはあるまいと考えた。

だが、後世に伝わる重盛の像は、成仏してしかるべき人物だったからだ。

だが、小烏丸に生きる力を与えたことで、重盛の魂が力尽きたのであれば、確かに成仏は遂げていなかったのだろう。祇王や小烏丸が重盛の成仏を強く願う気持ちは、竜晴にもよく分かる。

だから、その思いには応《こた》えてやりたいが、重盛がどう思うかはまた別の話だ。

「竜晴さま」

抜丸が先ほどよりももう少し鎌首を出して呼びかけてきた。

「小烏丸は愚か者ですから、説得にも手間がかかりましたが、重盛さまは違います。聡明なお方ですし、自分だけがよければいいという身勝手さとはかけ離れたお考えをお持ちです。四の五の言うとしたら小烏丸の奴ですから、何でしたら、私があやつを別のところに連れ出して……」

「いや、ここが重盛公の夢の中だということは私が話すつもりだが、重盛公を成仏させたいという訴えは、やはり小烏丸抜きで語ることはできまい」

「それは確かに……。余計なことを申し上げてしまいました」

抜丸は申し訳なさそうに言うと、それなり竜晴の袂の中に引っ込んでしまった。

それから、一同は鴨川にかかる橋を東へ渡った。さらに少し進んだ小松谷に重盛の邸はある。

東側の大門を入り、案内役の侍に重盛への対面を伝えると、

「竜晴よ」

到着を待ち構えていた小烏丸が庭から飛んできて、竜晴の肩にとまった。

「四代さまは奥でお待ちかねだ。我が案内する」

意気込んで言う小烏丸に、案内役の侍が振り返った。

「主《あるじ》のカラスがとんだご迷惑を――」

と、恐縮した様子で言いつつも、主人のカラスに手出しはできないらしく苦りき

っている。

「なるほど。こちらが小松殿のカラスなのですね。噂で聞きましたが」

竜晴が話を合わせると、侍は「はあ」と困惑気味に呟いた。

「やけに人に馴れていまして。主がカラスを飼うとおっしゃった時には仰天したものですが、ここまで人に馴れているところを見ますと、前から人に飼われていたのかもしれません」

「なるほど」

と、竜晴はうなずいておいた。

「我は迷惑などかけていない。無礼な侍めが」

小烏丸が竜晴の肩で毒づいた。もちろん、侍にはカラスが不機嫌そうに鳴いたとしか聞こえていない。

結局、竜晴は小烏丸を肩にのせたまま、侍に母屋《もや》まで案内された。

重盛が奥に座っており、すでに人払いはされているらしく、他に人はいない。

「四代さま」

小烏丸がぴょんと床に飛び下り、その膝近くへ駆けていった。

竜晴は重盛を間近に見るのは初めてである。堂々とした品のある佇《たたず》まいに、聡明さを感じさせる眼差し――泰山から聞いていた通り、伊勢貞衡によく似ていた。がっしりとした体つきの貞衡とは違い、重盛は痩せているが、この夢の中では健康を取り戻しつつあるせいか、顔色はつややかである。

「ようこそ、お越しくださった。立花泰山殿は中宮さまの御前でお見かけしたことがある。ならば、あなたが賀茂竜晴殿でいらっしゃるな」

重盛が初め泰山に目を向け、それから竜晴に目を据えて挨拶した。

「さようです。この度は突然のことで申し訳ございません」

「いや、お二方のことは小烏丸より聞いている。小烏丸も含め、方々がどこから参られたのかということも」

竜晴に向けられた重盛の目は穏やかで、話し方も落ち着き払っていた。

「そうでしたか。私たちが遠い後の世から来たとご承知なのですね」

「うむ。そのことを呑み込むのに時はかかったがな。そもそも、我が太刀、小烏丸の付喪神が現れ、口を利くことだけでも大きな驚きであったが、その付喪神は後の世からやって来たと言うのだから」

「確かに、常人の考えが及ぶ話ではないと思います」

「して」

重盛は竜晴と泰山の周りを見回した。

「賀茂殿は小烏丸以外にももう一柱、付喪神を従わせているというお話だが……」

「従わせているわけではありません。付喪神は式神とは違いますから」

竜晴はそう述べ、抜丸の潜んだ右の袂を前に示した。するすると這い出してきた抜丸は、鎌首をもたげた後、それを器用に下げて挨拶する。

「お初にお目にかかります、重盛さま。私は抜丸と申します」

白蛇の姿をした抜丸に、「おお」と重盛は明るい声を上げた。

「池殿がお持ちの抜丸が、かくも美しい白蛇の姿をしているとは。我が祖父に襲いかかろうとした大蛇を退治した逸話は、幾度となく耳にいたしました」

「そうですか。付喪神としてお目にかかる機会はありませんでしたが、重盛さまが私をそのように評価してくださっていたとは、嬉しいことでございます」

美しいと言われた上、大蛇退治のことを褒められたせいか、抜丸はひどく上機嫌である。逆に、小烏丸は不機嫌そうであった。

「ところで、今日は大事な話があって、わざわざお越しくださったのであろうが……」

挨拶が終わると、重盛は目の前に座る竜晴と泰山を交互に見ながら言った。

「はい。その件は私から申し上げましょう。小松殿におかれては、今の世が奇妙だとお感じになることはありませんか」

竜晴は重盛の目をまっすぐ見つめ返して問うた。

「それは……」

重盛はどう返事をしたものかと迷うふうであったが、やがて心を決めた表情になると、

「そちらの出方をしばらく見ていようかと思ったが、それも時の無駄であろう。奇妙に思うことならば多々ある。小烏丸と話せることがまずおかしい。ただ、それは後の世から来たという話を聞き、無理に納得していたが……」

と、語った。

「他にも、奇妙に思うことがおありなのですね」

「……うむ。ふつうに考えればあり得ない言動を取る者が、幾人か見られる。私自

身も含めてだが……」

「そうでしたか。おそらく、そうした言動の数々は、すべてどなたかの望み通りなのではないかと思われるのですが、いかがでしょう」

竜晴が問うと、重盛の眼差しがほんの少し険しくなった。

「遠回しにおっしゃることはあるまい。すべて私の望みのままだと言いたいのであろう」

「その通りです。誰かの言動ばかりではありません。小松殿のお体のご不調が、これほど短い間に改善することもおかしいそうです」

竜晴が泰山に目をやると、泰山がうなずき、

「半夏と麦門冬を何ヶ月も飲み続けられた後なら、あり得るかもしれません。けれども、今のご容態の改善はあまりに急すぎます」

と、言い添えた。

「確かに、それは私も実感している」

重盛は竜晴と泰山の言葉をそのまま受け容れた。

「して、賀茂殿はその原因を知らせにここへ来てくださったのであろう」

「はい」

竜晴は静かにうなずいた。

「理由は、ここが小松殿の夢の中だから、ということになると存じます」

重盛は驚きもせず、表情を変えることさえなかった。

「夢……か。ならば、私の身勝手がまかり通ったことにも納得がいく」

重盛は呟いた後、そのように竜晴が推測した根拠を尋ねた。

竜晴は江戸の町で起きた鵺との戦い、鵺と蠱との関わり、蠱の力で夢を見させられた人々のことを語った。その夢がどういうものであったのかは、実際に害を被《こうむ》った泰山が自ら打ち明けた。

「なるほど、泰山殿もご自身に都合のよい夢を御覧になったというわけか」

「はい。そこから目覚めさせてくれたのが竜晴でした」

「さようでしたか。それですべて了解いたした。つまり、賀茂殿がこの私のことも目覚めさせてくれるというわけですな」

「もちろん、そのつもりです」

竜晴はしっかりと答えた。この世界に来てからしばらく使えなかった呪力も、すでに回復している。不安の目を向ける泰山や抜丸に、竜晴は大丈夫だと告げた。

「ただし、私が呪力でお助けするとしても、小松殿ご自身も目覚めようと思っていただきたいのです。また、目覚めた後の現実の世は、小松殿にとって望ましいだけのものではないことも、受け容れていただかなければなりません」

「それは分かっている。私が生きていられるのはあとわずかだろう。しかし、ここで身勝手な夢を見続けながら無為に時を費やすか、現実の世で最後までできることをするか、選ぶ道は決まっている」

　重盛の物言いには、わずかな躊躇いや迷いもなかった。それから、重盛は傍らの小烏丸に目を向けた。

「お前とは、これでお別れだな」

　それまで落ち着いていた重盛の声がかすかに揺れていた。

「四代さま。我は……」

　小烏丸は必死に語り出そうとしたものの、重盛は小烏丸にしゃべらせず、自ら語り続けた。

「お前は私のもとへ来てからずっと、私の命を長らえようとしてくれた。よい薬を飲めとくり返し言い、おそらく賀茂殿や泰山殿にもあれこれ働きかけてくれていたのだろう。だから、お前が今、何を考えているかは大体分かるつもりだ」

重盛は優しく語りかける。

「だが、それはしないでくれないか。私は天命を受け容れたいと思っている」

「そんな……」

小鳥丸は悲しげに呟いたが、重盛の考えに異を唱えはしなかった。

「私が目覚めれば、お前たちは元の世界へ戻るのかもしれない。そうすれば、お前とも二度と会えないのだろう。だが、たとえ夢であろうとも、お前と心を通わせた日々のことは、決して忘れない。現実の世の私もきっと覚えているはずだ」

「では、天命が尽きるまで、現実の四代さまのそばにいさせてください。竜晴よ、我だけでも四代さまが生きた世界に残れるようにしてくれないか。頼む」

小鳥丸は途中から竜晴に必死の目を向けて告げた。

「小鳥丸よ」

竜晴が返事をするより先に、重盛が呼びかける。

「私の最期は、この小鳥丸が看取ってくれるはずだ」

そう言って、重盛は傍らに置かれた太刀を手に取った。

「まだ付喪神としての命を得てはいなくとも、お前には違いない。後に付喪神となったお前は、私と過ごした頃の記憶を失ってしまうと言っていたな。だが、今のお前は記憶を取り戻している。ならば、それでよかろう。願わくは、元の世界に戻ったお前が私と語り合った記憶を留めていてくれれば、嬉しく思う」

「四代……さま」

「もう私のことをそんなふうに呼ぶ者はいないのに、お前だけはそう呼んでくれるのだな。ありがとう、小烏丸。そして、お別れだ」

重盛の眼差しが小烏丸から竜晴へと向けられた。

小烏丸の太刀を握り締め、重盛は竜晴に深くうなずいてみせる。竜晴もうなずき返し、久々に印を結ぶと、呪を唱え始めた。

輝ける光の一矢、地を焼きて
無明《むみょう》の闇を一掃せん
オン、ソリヤハラバヤ、ソワカ

重盛はすべてを受け容れる静かな表情で、いつしか目を閉じていた。

辺り全体が白くまばゆい光に包まれたかと思うと、

「四代さまぁ！」

小烏丸の絶叫がその場にいた者たちの耳を打ち、やがて、すべてが光の中に呑み込まれていった。

六章　神泉苑の物の怪

一

ワン、ワン、ワン。

犬の鳴き声がする。いや、これはただの犬の鳴き声ではない……のか。

「わわ、何だ。この犬は――」

慌てふためく泰山の声が、竜晴の思考を破った。同時に竜晴は目を開ける。

土煙が埃っぽい場所であった。大きな車の輪がきしむ音も耳を打つ。

瞬時に竜晴は理解した。ここが江戸ではなく、古《いにしえ》の京の都であることを――。

竜晴と泰山は蜃気楼の中に入った時と同様、どこかの大路に投げ出されていた。

格好は江戸の町から着てきたものであり、烏帽子も被っていない。竜晴は帯に抜丸の本体をさし、泰山のそばには薬箱と風呂敷包みがある。

竜晴は左の袂をすばやく探ったが、何も入ってはいなかった。そこにこっそりと隠し持っていた徳子の扇はもう手もとにない。激しい喪失感に見舞われたが、それにとらわれぬよう、竜晴はあえて理詰めで考えた。

（つまり、重盛公の夢の中で身に着けていたものはすべて失い、江戸の町から持ち運んだものはそのまま持っているというわけか）

冷静に考えをまとめると、抜丸と小烏丸も一緒であることを確かめる。

抜丸は竜晴の右の袂にするすると入り、小烏丸は飛び上がって、近くの築地《ついじ》の上にとまっていた。

「泰山、人目につかぬ場所へ移ろう」

竜晴は泰山に声をかけ、狭い小路へ入り込んだ。

「うむ。分かった」

泰山は薬箱と風呂敷包みを拾い上げ、竜晴のあとに続いたが、子犬も一緒についてくる。

「その犬は何ものだ」

「私が知るものか。追い払ってもついてくるのだ」

泰山は閉口した様子で言う。その間も、白銀の毛並みを持つ子犬は、ワンワンと吠《ほ》え続けていた。

「お前が答えてやらないからだろう」

「答えてやる？　どういうことだ」

「よく聞いてみろ。お前にはもう、その犬が何と言っているか分かるはずだ」

竜晴の言葉に首をかしげつつ、泰山は目を閉じて気持ちを集中させたらしい。

「お前たち、どこから来た？　俺さまはちゃんと見ていたぞ」

子犬のしゃべっている声が、ようやく泰山にもきちんと聞こえたようだ。

「わわ、何ものだ、この犬は――」

泰山は目を開け、再び驚きの声を上げた。

「待てよ。私に声が聞き取れるということは――」

「その犬も付喪神だな」

竜晴は答えた。泰山は竜晴が術をかけたことにより、付喪神の声が聞き取れるようになっていたが、まだ慣れてはいない。小烏丸や抜丸のように初めから付喪神と分かっていれば、その声を人語として聞き取れるが、そうでないと、ふつうの生き物の発する声や物音に聞こえてしまうようだ。

「お前たち、急にそこの道に現れた。怪しい奴め、我が主に言いつけて、成敗してもらうぞ」

子犬が勢いよく吠え立ててきた。

「ほほう。おぬし、成敗してやる、とは言わぬのだな。主の力に頼らなければ何もできぬ餓鬼《がき》のくせして、口先だけは達者ではないか」

築地の上の小烏丸が子犬をからかった。

「まったく。弱い奴ほどよく吠えるとは、よう言うたもの」

竜晴の袂から鎌首をもたげた抜丸も嫌みを言うなり、長い舌を突き出してみせた。

「な、何だ、お前たち」

子犬がびくっと脅え、泣き出しそうな声を出す。

「何だも何もなかろう。お前と同じ付喪神さまではないか」

小烏丸が言い、抜丸もさらに一言付け加えようとしていたその時、

「獅子丸《ししまる》よ、どこへ行った」

という男の声が大路の方から聞こえてきた。

「あっ、ご主人さま」

子犬が尻尾《しっぽ》を大きく振り、くるりと向きを変えて走り去っていく。

「ご主人さまあ。あっちに怪しい奴がいるんです」

子犬の発する言葉を、その主人が聞き取ることはあるまいが、飼い犬に袖でも引っ張られて、こちらへ来ることはあり得る。

「竜晴、どうする。逃げるか」

しばらく烏帽子を被る生活をしていたから、泰山も気になるのだろう。頭頂に手をやりながら尋ねてくる。

「いや」

竜晴は首を振り、すぐに印を結んだ。

常に日、前を行き、日、彼を見ず
人のよく見る無く、人のよく知る無く、人のよくとらえる無し
オン、アニチヤ、マリシエイソワカ

ずだ。

隠形《おんぎょう》の術である。これで、竜晴と泰山、小烏丸と抜丸の姿は、見えなくなったは

獅子丸と呼ばれていた子犬は、案の定、主人らしき侍を連れて舞い戻ってきた。

「あれ、あいつら、どこへ行ったんだ」

子犬がきょとんとしながら、不思議そうな声で鳴く。

「どうした、獅子丸。ここに何かあったのか」

獅子丸の言うことをまったく理解していない飼い主もまた、怪訝《けげん》そうな声で問う。

獅子丸にご主人と呼ばれている男は、七十歳を超えたかと見える老人だった。ただし、皺深い顔のわりに体の動きは機敏で、足腰も鍛えているようだ。

「ここに、変な人間がいたんです。急に道に浮かび上がってきて……。カラスと蛇をお供に連れていました」

獅子丸は一生懸命説明するのだが、生憎、飼い主はわずかも理解することはなかった。

「さあ、戻るぞ、獅子丸。勝手にどこかへ行ってはならぬ」

老いた侍は獅子丸をひょいと腕に抱き上げると、竜晴たちに背を向けて大路に戻っていった。

「まったく、子供の癖に生意気な付喪神です」

抜丸はつけつけと言った。

「餓鬼だから礼儀を知らないのだ。それにしても、隠形の術については何も知らぬようだったな」

小烏丸はあざけるような言い方をする。

「お前たち、そんなに意地悪を言うことはないだろう」

泰山が聞いていられないというふうに口を挟んだ。

「何と甘いことを。医者先生がいちばん迷惑をかけられたのではないか」

「それはそうだが、まあ、初めに言葉を聞き取ってやれなかったのは、私が悪かったわけだしな」

泰山は優しい物言いで子犬を庇《かば》った。

「それに、あの犬、どっかで見たことがあるような……」

首をかしげた泰山に、

「私もそんな気がしたのだが、医者先生もか」

と、抜丸がすかさず言う。

「ふむ。あの犬は獅子丸と呼ばれていたな」

竜晴はおもむろに付け加えた。

「もしや、奴は獅子王だったのでしょうか」

獅子王は江戸の世まで受け継がれた太刀であり、付喪神としては銀色の毛並みをした成犬の姿をしている。竜晴たちは共に戦った経験もあり、よく知る仲であった。泰山も、付喪神とは気づいていなかったろうが、獅子王に会ったことがある。

「太刀獅子王の持ち主は源《みなもとのよりまさ》頼政公だ。先ほどのご老人がそうだったとすれば、獅子丸という犬の名は、自分の太刀から付けたものか」

獅子王ではなく、獅子丸と名付けられたのは、子犬だからであろうか。そんな話をしていたら、

「そういえば、遠い記憶にある源頼政の顔に、先ほどのご老人は似ていたかもしれません。もっと若い頃の頼政しか知らないんですが……」

抜丸が思い出したふうに言い出し、あの飼い主の顔をじっくりと見ればよかったと悔やみ始めた。

「まあ、獅子王らしき付喪神のことは覚えておこう。この先、力を借りる日が来るかもしれない」

「あんな子供の力を、竜晴さまが借りるなんて時は来ないと思いますが」

抜丸が不服そうに口を尖らせる。

「ところで、竜晴。さっきから訊きたかったが、ここはどこなんだ。私たちは重盛公の夢から解き放たれ、江戸の世へ帰れるはずではなかったのか」

泰山が不安そうな表情を浮かべて問うた。獅子丸に吠えられていた時は忘れていた目先の不安が、ようやく実感となって迫ってきたようである。

「うむ。帰れていないのは確かだな。だが、ここはもう重盛公の夢の中ではない。おそらくは、夢から覚めた重盛公が現実に生きている世界ではないかと思われる」

「では、竜晴よ。ここでは本物の四代さまに会えるということか」

小烏丸が大きな声を出した。

「おそらくはそうだろう」

竜晴は答え、小烏丸をじっと見つめた。

小烏丸ははっとした様子で口を閉じたが、抜丸や泰山にまで見られていることに気づくと、きまり悪そうに目をそらした。それ以上は何も言おうとしない。

「お前は重盛公が目覚めれば、私たちが元の世界へ戻れると推測していた。どうしてそうならなかったんだろう」

泰山が改めて竜晴に問う。

「小烏丸を蜃気楼の中へ取り込んだ力が今なお、消えていないため――と考えるのがふつうだな」

「小烏丸を別世界へ飛ばしたのは、蜃の力なのだろう？」

「今の状況からすると、蜃の力を鵺が行使した見込みが高い。蜃の力だけならば、私は破ることができる。だが、重盛公の夢を破っても帰れないということは、ここに鵺の力が関わっているのであろう」

「ならば、今度はその鵺の力を破る策を、この世界で探さなければならないというわけだな」

泰山が自分自身を納得させるように、一語一語を噛み締めながら言う。

「うむ。世話をかけるが、今は私も呪力が使える。必ず帰る手段を見つけよう」

竜晴の言葉に、泰山も抜丸もしっかりと返事をしたが、小烏丸は無言であった。

「まずは、身を落ち着ける場所を探さねばならないだろうが……」

竜晴が声の調子を変えて切り出すと、

「それならば、やはり橘泰陽殿を頼るのがよいだろう」

と、泰山がすかさず提案した。重盛を頼ることもできなくはないが、重盛と再会すれば、せっかく気持ちの区切りをつけた小烏丸が再び揺れることになりかねない。重盛とて冷静でい続けることは難しいだろう。

「しかし、医者先生よ。我々が先ほどまで世話になっていたのは、重盛さまの夢の中のご先祖だぞ。この現実の世界にいるご先祖は、医者先生のことも竜晴さまのことも知らないはずだが……」

と、抜丸がもっともな懸念を口にする。それでも、泰山は平然としており、

「そこはまあ、もう一度知り合いになればいいのではないか」

と、安易に言った。

「泰陽殿の暮らしぶりや気立てなどは、重盛公の夢の中で再現されていた通りなの

だろう。ならば、私の顔を見れば、親族だと思い、家に上げてくれるのではないかと思う。こちらから、泰陽殿の評判を聞いて頼ってきたと言ってもいいし」

「なるほど、あのご先祖は医者先生と同じく、面倒見がいいお人だからな。医者先生と違って、出世と金に興味はあるようだが」

「抜丸殿は一言多いな」

泰山はぼやきながらも、とりあえず六条にある泰陽の邸を目指そうと言った。

「なら、隠形の術をかけたまま行こう。烏帽子がないのを気にしなくていいからな。ただし、姿が消えたわけではないから、しゃべったり、物や人には当たらぬよう、気をつけてくれ」

竜晴の言葉に、今度は小烏丸も含め、皆「分かった」と返した。それから、抜丸は竜晴の袂に潜み、小烏丸は空を飛びつつ、一同は泰陽の邸へ向かった。

泰陽が泰山の顔を見て親族と勘違いするのも、しばらく邸にいるように勧めてくれるのも、重盛の夢の中と同じであった。違っていたのは、白蛇の存在が泰陽に気づかれなかったことだ。時を同じくして、カラスが空から邸内に入り込んだことも、泰陽に悟られることはなかった。

二

竜晴たちは重盛の夢の中と同様、泰陽の邸で世話になり始めた。時は安元三年の春、夢の中と同じである。

この現実と夢との大きな違いは、獅子丸という子犬の付喪神との出会いであった。

「あやつが獅子王の付喪神かどうか、まずは確かめねばなりませんね」

抜丸が意欲満々という様子で言う。

「まずは何とかして、あやつを呼びつける算段をいたしましょう」

「まだ子供だから、あまり本体と引き離さない方がいいかもしれぬ。それに、源頼政公の飼い犬として暮らしているなら、勝手に連れてくるわけにはいくまい」

竜晴が忠告すると、

「ならば、まずは私と小烏丸で頼政公の邸へ行き、あやつがいるかどうかを確かめてまいります」

と、抜丸は小烏丸の考えも聞かずに言った。

「何もお前がついてくることはあるまい。我が飛んでいって、確かめてくれば済む話ではないか」

小烏丸は逆らおうとしたが、

「そもそも、お前は頼政公の邸の場所も知らないだろう」

と、抜丸は冷たく言い返した。

返事に詰まった小烏丸に、抜丸は得意げに鎌首をもたげて続ける。

「あの方の邸は鴨川の東にあって、近衛河原《このえかわら》邸と呼ばれていた」

「鴨川の東なら、四代さまの小松殿もそうだ。場所さえくわしく教えてくれれば、我だって……」

「何を言うか。お前だけを行かせたら、どこへ飛んでいくか知れたものではない」

暗に、小烏丸が重盛のもとに行ってしまうのではないかと、抜丸は怪しんでいるのだ。小烏丸にもそれは分かるので、言い返そうとしない。

結局、案内役となる抜丸が小烏丸の足にしがみ付き、小烏丸は頼政の邸を目指して飛んでいくことになった。

その日の正午の頃、飛び立っていった小烏丸たちが、泰陽の邸へ戻ってきたのは、

この時代で言う申《さる》の刻《こく》（午後四時頃）にもなった時分であった。二刻ほども時がかかっていたので、泰山などは心配し、

「よもや、小烏丸が抜丸殿を連れて、重盛公のもとへ行ってしまったのではないか。抜丸殿は帰るに帰れず、困っているのかもしれない」

と、言っていたほどである。

だが、聞いてみれば、獅子丸と呼ばれていた子犬が他ならぬ獅子王の付喪神であると分かり、その後は何でも聞きたがる獅子王の相手をしているうちに遅くなってしまったのだという。

「獅子王はどんな話を聞きたがったのだ」

「それはもう、ありとあらゆることです。まずは、なぜ都大路に突然現れたのか、ということから始まり、どうして自分が獅子王の付喪神だと分かったのか、とにかく根掘り葉掘り尋ねてきまして……」

抜丸が疲れた様子で言う。

「しかし、竜晴よ。あやつは幼いながら、なかなか頭がいい。我らがこれより後の世から来たということも、最後にはすっかり理解していた」

小烏丸もこの時はいつものように、抜丸と先を争う形で報告した。

「ほう。お前たちの素性まで話して聞かせたのか」

「いけなかったでしょうか」

抜丸が少し慎重な口ぶりになって問う。

「いや、別にかまわない。仮に獅子王がしゃべったところで、人間の耳に入るわけではないからな。それに、それを語らなければ、獅子王の付喪神だと予測できたことを説き明かせまい」

獅子王は別れ際でもまだ聞き足りないと言っていたらしい。

「竜晴さまのことはもちろん話してやったのですが、そうしましたら、竜晴さまからも直にお話をお聞きしたいとねだられまして。竜晴さまが頼政公の邸へ出向くのは難しいと申しますと、自分からそちらへ行くと言い出しました」

「付喪神の身で、本体から長く離れていて平気なのか」

「あやつ自身は平気そうなことを言っておりました。見た目は子犬ですが、生まれたてというわけでもないようです。五、六年は生きているとか。頼政公の前に姿を現し、飼い犬として扱われるようになったのは、ごく最近のようですが……」

「だが、子犬が鴨川の向こうからここまで走ってくるのは、それなりに大変ではないか」

泰山が獅子王の身を気遣う言葉を吐いた。

「何なら、私が近くまで迎えに行き、抱き上げてこちらへ連れてこようか」

「付喪神はそれほど弱いものではないと思うが、お前がぜひともそうしたいと言うのなら止めはしない」

「ならば、そうさせてもらおう」

と、言い出した泰山に、「医者先生は相変わらずだな」と小烏丸は少々あきれ顔である。

「ところで、獅子王と判明したのであれば、鵺退治のことについては訊かなかったのか」

竜晴が話を変えると、

「それは、私が聞いてまいりました」

と、抜丸がすかさず応じた。

「源頼政公が鵺を退治し、褒美として獅子王の太刀を賜《たまわ》り、鵺の体はばらばらに切り刻まれて川に流され、水底《みなそこ》に沈められたとのこと。その後、鵺については何も聞いていないそうです」

「そうか。鵺退治については私たちが知る話と変わらぬようだな」

他には何か聞かなかったかと尋ねると、

「申し訳ありません。あやつから聞いた話はそのくらいで」

と、抜丸はすまなそうに言う。

「あやつ、聞きたがりはするんだが、あまり自分のことを話そうとしなかったんだ」

小烏丸が言い訳のつもりか、抜丸を庇ってか、そんなふうに言った。

「まあ、獅子王自身がここへ来る気になっているなら、それに越したことはない。その際、私から直に問うてみよう。今のところ、鵺について尋ねることのできる相手は、獅子王のみだからな」

竜晴は二柱の付喪神を労い、「今日はご苦労だったな」と最後に告げた。

「とんでもない。大したことではありません」

抜丸は嬉しそうに身をくねらせたものの、小烏丸はいつものように得意げに振る舞うこともなく、きまり悪そうにそっと横を向いただけであった。

　それから二日後、小烏丸と抜丸は再び近衛河原邸へ赴いた。この日は泰山も一緒に出かけ、頼政の邸の近くで子犬が出てくるのを待っていたという。

　獅子王は誰にも見とがめられることなく、邸を脱《ぬ》け出し、泰山に抱えられる形で、無事に竜晴のもとへ連れてこられた。

「あ、噂に聞く宮司殿だな」

　獅子王は竜晴を見るなり、庭から部屋へと駆け上がってきた。ふつうの犬のように暮らしているが、犬ではないので、部屋が汚れるようなこともない。

　先日は敵意と警戒心を剝《む》き出しにしていたが、すでに抜丸や小烏丸、泰山とも親しくなっていたからだろう、この日は初めから竜晴にも親しげだった。

「獅子王の付喪神か」

「そうだ。ご主人は獅子丸と呼ぶ」

　獅子丸という呼び名は、やはり頼政が自分の太刀の名から付けたものであった。どちらで呼べばよいのか尋ねると、

「本来は獅子王だから、そう呼んでくれ」

と言って、尻尾を振っている。

「では、獅子王。今日はご苦労だった。そちらも私の話を聞きたがっていたそうだが、私からもお前に訊きたいことがいろいろとある」

一同が車座になったところで、竜晴が改めて獅子王に切り出した。

「うむ。皆が鵺めと戦ったことは聞いた。ご主人がやっつけて水底に沈めたあの鵺が、後の世で復活するとは許しがたい話だ」

獅子王は憤慨している。

「私たちは鵺を退治したものの、その後、小烏丸が蜃気楼に取り込まれた。それを生み出した蜃は、鵺が操っていたのだ」

竜晴は自分たちの置かれた立場について、おおよそのことを話した後、

「私たちは今、元の世へ戻る方法を探している。鵺もしくは蜃について、お前が知っていることを教えてくれ。ついでに、近頃、都で異変があれば、それも余さず話してほしい」

と、続けて言った。

「鵺については、先日、抜丸と小烏丸に話した通りだ。ばらばらにされ、うつほ舟に乗せられて流された。その後のことは何も知らない」

獅子王はすらすら答えた。

「では、蜃についてはどうだ」

「俺さまはそやつを見たことがない。蜃気楼も見たことがないから、ぜひ見てみたいと思っている」

獅子王は蜃や蜃気楼については、まったく心当たりがないらしい。鵺についても、竜晴が知る以上のことは知らぬようである。

江戸の世にいる立派な付喪神、獅子王のことが念頭にあったが、ここの獅子王はまだ子犬なのだ。同じように考えて、過度な期待をかけては気の毒というものだろう。竜晴は頭の中を切り替え、

「ならば、都の異変などは……」

と、念のため最後に訊いた。

「あ、それならば……」

と、獅子王が尻尾を一振りした。

「俺さまの周りの人間たちが盛んに噂していることがあるぞ」

その言葉に、その場の皆が色めき立つ。獅子王はやや得意げな面持ちになると、

「神泉苑《しんせんえん》の物の怪の話だ」

と、告げた。座っていた格好から思わず立ち上がり、尻尾を忙しく振り始める。

「夜になると、女の物の怪が現れて、水辺で泣いているのだそうだ。皆、すっかり脅えてしまい、昼間でも神泉苑には近付こうとしないらしい」

「興味深い話だが、鵺と関わりはありそうか」

「え、鵺と――？」

獅子王は虚を衝かれた様子を見せ、それから首を横に振った。

「物の怪は人間の女みたいだから、鵺とは関わりないと思うけど……」

先ほどまで勢いよく動いていた尻尾が、しょぼんと垂れ下がっている。

「しかし、竜晴さま。神泉苑の溜池《ためいけ》は古くから龍穴《りゅうけつ》につながっていると言われてきました。神聖な場所に物の怪ごときが立ち入るというのは、由々《ゆゆ》しきことでございます」

落ち込んだ獅子王を力づけようとしてか、抜丸がそんなことを言い添える。

「それに、もしかしたら神泉苑の池は龍穴以外にもつながっているかもしれん。たとえば、蜃の住処《すみか》とか」

小烏丸も口を出す。ちらちら獅子王に目を向けているところを見ると、抜丸への対抗心というより、獅子王の気を引き立てようとしてのことらしい。

どうやら抜丸も小烏丸も、江戸の世では獅子王のことを煙たがっていたが、こちらでは幼い子犬の姿をしているためか、かわいいと思っているようだ。

「ふむ。確かに水脈が地下でつながり、蜃の住処である海の底にまで通じていたとすれば……。また、頼政公の退治した鵺の体も、水底に封じられているはずだ。ならば、それが神泉苑の溜池に通じていないとも言い切れぬか」

竜晴が獅子王の話を検討し始めると、

「俺さまの話、宮司殿の役に立ったか」

と、獅子王は少し元気を取り戻した。

「ああ、役に立っているとも」

泰山が獅子王の頭を撫《な》で、優しく言う。

「宮司殿は物の怪を退治することができるのか」

興味津々という様子で尋ねる獅子王に、抜丸と小烏丸が「当たり前だ」と声をそろえる。

「もう心配しなくていいんだぞ」

泰山がかわいくてたまらないという様子で、獅子王の頭を撫で続けている。獅子王もまんざらではない様子で、されるがままになっていたが、

「ご主人がこの事件を解決してくれないかなと思っていたが、宮司殿の方がご主人より力がありそうだ。宮司殿になら、手柄を譲ってもよいぞ」

と、言い出した。

「お前はなぜ、竜晴さまより上の立場から物を言うのだ」

「まったくだ。少しは口の利き方を学ぶがよい。主のしつけが悪いのだろう」

抜丸と小烏丸が口を開くと、

「俺さまのご主人を悪く言うな」

と、獅子王が負けん気を発揮する。まるで江戸にいた時のような騒々しさを呈してきたので、竜晴は「獅子王の話はよく分かった」と声を張った。

抜丸と小烏丸がぴたっと口を閉ざしたのを見習い、獅子王も口を閉じると、後ろ

足を曲げて座り直し、竜晴の顔を見上げるようにする。

「神泉苑の一件は放っておけぬ事態でもあり、鵺や蠱に関わっている恐れもある。ゆえに、この件はできる限り対処しよう。また、改めて獅子王に頼むことが出てくるかもしれないが、その時は力を貸してもらえるか」

「もちろんだ。俺さまを頼ってくれ」

獅子王は座ったまま、尻尾を振った。

こうして獅子王との対面は終わり、その後、獅子王は泰山に抱えられて、近衛河原邸へと帰っていった。

三

ちょうど同じ日。

竜晴たちを居候として受け容れた医師、橘泰陽は小松殿に重盛を訪ねていた。腹痛と不眠に悩む重盛の診立てのためだが、この日は薬を変えてみるよう進言するつもりだった。

――小松殿に処方しておられる褐根草は、不眠の方に用いるべきではありません。牡蠣や甘草などは変えず、半夏と麦門冬を加えられるのがよいでしょう。

泰山からそう勧められたからであった。

泰山の発言の正しさは書物や別の医師の話などから裏付けられたが、さらに考えを進めていくと、重盛には半夏瀉心湯を処方するのがよいように考えられた。そこで、そのことを泰山に尋ねてみると、

――それは医師として正しいお考えと思います。けれども、半夏瀉心湯に用いる薬剤は調達が難しく、仮に切らしてしまえば逆効果です。それよりも、この国で確実に調達できる生薬を長く服用していただくのがよいのではないでしょうか。

という返事であった。その考えはもっともであったし、重盛が異国から薬剤を調達することを好むとも思えなかったので、そのまま泰山の考えに従うことにしたのである。

驚いたのは、その話を持ちかけるや、

「私からも同じことを、橘殿にご相談したいと思っていたところだ」

と、重盛から切り返されたことだ。

「同じこととは、褐根草をやめるということですか」

「うむ。それもあるが、半夏と麦門冬の服用についてもだ」

「半夏や麦門冬のことをお調べになったのですか」

もしや、重盛に医学の知恵を授ける者が他にいたのだろうかと、疑わしい気持ちになる。そうなれば、自分はお払い箱にされてしまうのではあるまいか。

「いや、そうではなく」

重盛は少し考えるような表情を浮かべた後、

「夢に神が現れて教えてくれたのだ。あれは薬師《くすし》の神だったのだろう」

と、告げた。いささかできすぎた話に、わずかな疑念が残る。

「薬師の神とは、大国主命《おおくにぬしのみこと》と少彦名命《すくなひこなのみこと》でございましょうか」

さらに問うと、重盛は「まさしく二柱の神であった」と思い当たるふうに言った。

その様子は嘘を吐いているとは見えず、泰陽は重盛を信じることにした。そもそも、重盛には予知の力があるだの、異国の賢者の生まれ変わりだの、不思議な噂がある。夢に薬師の神が現れ、己の体に効く処方を伝えることもあり得よう。

そう自分を納得させた泰陽は、

「さすがは小松殿でございますな。薬師の神に寵愛されておられるとは。それならば、ただ今の患いの種も瞬く間に消え失せてしまいましょう」

と、重盛を持ち上げるように言った。

「まあ、それはそれとして」

重盛はさらっと泰陽の世辞を受け流すと、話を変えた。

「橘殿のもとに、今、賀茂氏の若者がいないだろうか」

突然の問いかけに、泰陽は驚愕した。

「どうして、それを」

「やはり、いるのだな」

重盛もまた、少し驚いているように、泰陽の目には見えた。やがて、

「信じてはいただけぬかもしれないが、夢のお告げとしか言いようがない」

と、重盛はおもむろに答えた。

「どうしてお言葉をむやみに疑ったりいたしましょう。神仏の心に適《かな》ったお方には、相応の力が与えられてしかるべきでございます」

「では、その賀茂氏の若者と対面することができようか」

　重盛から問われ、泰陽はうなずいた。

「私から説得いたしましょう。私の親族の連れでございますので、その者からも説得させるようにいたします」

　確かめたわけではないが、同じ医師という職業、自分と瓜二つの顔立ちからして、泰山は同じ一族としか思えなかった。そのあたりを説明するのは面倒なので、泰陽は泰山を親族と言ってしまったわけだが、重盛はその点を突いてはこなかった。

「では、よろしく頼む。私の方では、いつでも待っていると伝えてほしい」

　重盛の話を受け、

「必ずや、お志に適うよう努めます」

と、泰陽は力を込めて言い、頭を下げた。


　その日の晩、竜晴と泰山は重盛の願いの筋を、泰陽から聞かされた。

「小松殿のたっての願いゆえ、聞き届けてもらいたい」

　泰陽の言葉に、竜晴は泰山と一緒であればかまわないとすぐに答えた。泰陽はもちろん承知し、その日のための牛車から身支度まですべて調えると言う。

それから、泰陽と重盛の間で日取りの調整が行われ、竜晴と泰山は二日後、重盛の暮らす小松殿へ出向くことになった。

「お前たちはどうする」

竜晴は小烏丸と抜丸に尋ねた。夢の中の重盛は付喪神たちと対話ができたが、現実でもそうとは限らない。

「私の術で、重盛公と言葉を交わせるようにもできるが」

竜晴の申し出に、小烏丸は「いや、いい」と答えた。

「四代さまが会いたがっておられるのは、竜晴なのだろう。ならば、我は行かぬ」

竜晴と目を合わせず、小烏丸は続けて言う。

「私もご遠慮いたします」

と、抜丸は竜晴にしっかりと目を向けて言った。

「私は頼盛さまの刀ですので、要らぬ厄介事をもたらしたくありません」

そもそも、嫡流の重盛と傍流の頼盛は、決して仲睦まじかったわけではない。頼盛は嫡流の人々によい感情を抱いていなかったのであり、そういう気持ちは抜丸にも伝わっていたのだろう。

「ならば、まずは私と泰山で重盛公と会い、話を伺ってくる」

と、竜晴は付喪神たちの考えをそのまま聞き容れた。

そして、二日後の当日。竜晴と泰山は泰陽が用意してくれた牛車に乗って、小松殿へと向かった。牛車のまま敷地内に入り、中門廊《ちゅうもんろう》の車寄せにつけられた牛車を下りる。

そこから案内役の女房によって、母屋にいる重盛のもとへ連れていかれた。そこは、夢の中で竜晴たちが通されたのと同じところであった。

「おお、賀茂殿に泰山殿だな。夢で見たのと変わらぬ姿だ」

重盛は二人を迎えるなり、すぐに明るい声を上げた。夢の中では、体調が改善していたが、ここ現実ではそうはいかず、あの時より顔色は悪い。

だが、互いに初めて会ったという気はしなかった。

「小松殿におかれましては、夢の中での出来事を覚えておられるのですね」

竜晴が問うと、重盛はうなずいた。

「うむ。身勝手な夢を見ていた私の目を、賀茂殿が覚ましてくださった。そのことは忘れようもない。ただ、あの時は、私が目覚めれば、あなた方は元の世界へ帰れるという話だったが……」

「その原因については、ただ今、探っているところです。私たちも元の世界へ帰らなければなりませんが、帰れないということは、この世界にそれを阻害する原因があるのだと考えております」

「そうであったか。私はとある事情から、陰陽寮に属さぬ有能な陰陽師を探していた。自然と賀茂殿のことが浮かんだものの、あれは夢の中でのこと。それでも、万一と思いつつ橘殿に尋ねてみれば、何と邸にいるとおっしゃる。そこで、この度の対面を願ったのだ」

「私も小松殿にお頼みしたい儀がございました。その前にまずは小松殿のお話をお聞きします。どうぞ、ご遠慮なくお話しください」

竜晴が促すと、重盛は「うむ」と咳ばらいをしてから語り出した。

「実は近頃、神泉苑に物の怪が出るという噂が立ち、迷惑している。神聖な場所に妙な噂が立つことは、政《まつりごと》の不安定を言い表すようなものだからな」

「なるほど、確かにそうかもしれません」

「もちろん、ただの噂であればそれでいい。ただ、まことに物の怪が出るのであれば、調伏せねばならぬ。陰陽寮の者たちに占わせ、調伏させるのが筋だが、実は少々気になることもある」

「気になることとは……」

竜晴が問うと、重盛は目を伏せた。

「その噂の原因について、私に思うところがあるとだけ申し上げておこう。ただし、その推測を今ここで話すのは憚《はばか》られる」

それ以上、語るつもりはないようであった。

身分の高い人物、もしくは重盛の縁者が関わっているということか。世間に知られれば大きな不祥事となるため、陰陽寮の者たちにも知られたくないのかもしれない。その点、別の世界からまぎれ込み、やがては元の世界へ戻ってしまう竜晴ならば、都合がよいのだろう。

「分かりました。小松殿の頼みごととは、神泉苑の物の怪の正体を調べ、必要とあらば調伏するということでよろしいですね」

「その通りだ」

竜晴は表情を和らげた。

「その噂ならば、私たちも聞いていました。鵺や蜃との関わりも気になるので、調べたいと思っていたところ。神泉苑への立ち入りは民には禁じられていますから、小松殿のお力添えは私としても助かります」

それが重盛に頼みたかったことだと打ち明けると、重盛も安堵した顔つきになる。

「同じことの解決を目指していたとは、ありがたい」

「そうなるべくして、ということでしょう。この問題を解決することで、私たちも元の世界へ帰るきっかけをつかめるのかもしれません」

「うむ。それは私も願うところだ」

重盛は穏やかに述べた。

「ところで、褐根草の服用をやめ、半夏と麦門冬を服用するよう、橘殿に口添えしてくれたのは、泰山殿だな」

重盛は泰山に目を向けて訊いた。

泰山は答える前、竜晴の方を見た。竜晴は軽くうなずき返す。

この件については、泰山と竜晴で相談して決めたことであった。後世の薬の知識を授けることで歴史が変わってしまうなら、それが禁忌であるとは泰山も理解している。一方で、重盛が体に合わぬ褐根草を処方されていると知りながら、見て見ぬ振りをするのも耐えがたいと思っている。そんな泰山の葛藤は竜晴も分かっていた。

――重盛公は、褐根草が体に悪いことをあの夢で知ってしまわれた。それを現実で処方されても、服用する気にはなれぬだろう。ここは医師の泰陽殿からやめるよう、進言してもらうのがよいと思う。

竜晴がそう告げた時、泰山はほっとした表情を浮かべた。重盛が後世の知識を利用し、運命を捻じ曲げようとする男ならばともかく、そうでないのは明らかである。竜晴自身、それで重盛の苦痛がわずかでも和らぐのであればそうなってほしいと願う気持ちもあった。小烏丸のためにも、そして……。

「泰陽殿からそう進言されましたか」

泰山は重盛に目を向けて訊き返した。

「うむ。夢の中のように、半夏瀉心湯を勧められることはなかった」

「泰陽殿からはそのことも相談されましたが、おそらくお勧めしても、小松殿は承諾なさらないだろうと思いましたので、やんわりと反対させていただきました」

「そうであったか。お気遣い、痛み入る。やれ飲め、飲まぬと応酬をくり返すのは、互いに疲れることだからな」

重盛は泰山に礼を述べた。

その後、神泉苑へ出向く時のことについて、さらに細かく打ち合わせた。神泉苑に踏み込むのは二日後の夜、重盛自身も赴くという。内々にではあるが、帝に神泉苑へ立ち入る許しも得ておくと約束してくれた。

「実は、もうお一方、当日ご一緒していただきたい人がいるのですが……」

と、竜晴は言い、鵺を退治した源頼政の名を挙げた。

「馬場《ばば》殿（頼政）ならば、力を貸してもらえるだろう」

重盛と頼政との仲は悪いものではないようである。

「では、その際、太刀の獅子王を持参していただけるよう、お願いできないでしょうか」

竜晴はさらに頼んだ。

「それは、獅子王を貸してほしいというご依頼か」

「いいえ、あの方が帝から授かった太刀を、他人に貸してくださるとは思えません。ただし、この一件に鵺が関わっていた時、獅子王の太刀が力を発揮する機会もありましょう。その際には、馬場頼政殿に太刀を振るっていただければと思います」

「そうか。あの方はお年こそ召しているが、優れた武将ゆえ、きっとご活躍してくださると思う」

　重盛は源頼政への信頼が厚いようであった。

　源頼政の一族は源氏といっても、源頼朝を輩出した河内《かわち》源氏ではなく、摂津《せっつ》源氏と呼ばれる一族で、この頃は馬場と名乗っている。平治の乱において、頼朝の父である源義朝《よしとも》と平清盛が敵対した際も、頼政は清盛の側に付いた。それゆえ、その後の平氏政権でも出世し、これより後のことではあるが三位《さんみ》にまで昇るのである。

「では、馬場頼政殿と獅子王の件はよろしくお願いします」

　竜晴は頭を下げ、さらに二日後の晩の手はずを確認した後、泰山と共に小松殿を辞した。

　牛車に乗り込み、二人きりになった時、

「重盛公は小烏丸のことを一度も口になさらなかったな」

　泰山がぽつりと呟いた。

「そうだな」

竜晴もそのことには気づいていた。

重盛と小烏丸は、夢の中ですでに身を切られるような別れを果たした。少し別れの時が延びたからといって、ずっと一緒にいられるわけでもない。再び顔を合わせれば、未練が募るだけ。ならば、このまま顔を合わせない方がいい——小烏丸も重盛もそう考えているのだろう。

「気の毒だが、何かしてやれることはないだろうな」

泰山がもどかしい様子で尋ねてきたが、

「見守ること以外には思いつかぬ」

と、竜晴も答えるしかなかった。

しばらくの間、二人は無言であった。牛車の車輪の立てる音だけが、絶え間なく二人の耳を打ち続けていた。

七章　神は邪を嫌う

一

竜晴と泰山が重盛の邸へ出かけた後、小烏丸は抜丸と顔を合わせているのが嫌で、庭に出ていた。泰陽の邸は全体に低木が多く、カラスがとまるのに適した木の枝がなかなか見つからない。

それでも、一同が滞在している部屋の南側に辛夷の木が生えていて、これがそこそこ大きく育っていた。小烏丸は白い花をつけた辛夷の木の枝にとまり、時折、空へ駆け上がっては再び枝に舞い降りるということをくり返した。

まったく落ち着かない。

こんなにざわざわした気分に駆られるのなら、意地など張らず、竜晴についていけばよかったと思うが、今さら何だと思い直す。重盛は天命を受け容れると言い、小烏丸に帰れと言った。付喪神として主人のためにできることは、命令に従うだけである。

そんな堂々巡りを何度もくり返した後、竜晴と泰山が帰ってきた。

小烏丸は部屋へ舞い戻り、何か言いたそうな抜丸とは目を合わせず、竜晴たちを迎えた。

「重盛公のお話も、神泉苑の物の怪にまつわるものだった」

と、竜晴は告げた。双方の考えが一致したため、二日後の夜、そろって神泉苑に出向くことになったという。

「源頼政公にも来ていただけるよう、重盛公が頼んでくださるそうだ。もちろん、太刀の獅子王持参でな」

ならば、付喪神の獅子王は本体に収まり、神泉苑へ行くのだろう。だが、竜晴は小烏丸にも抜丸にも、共に来いとは言わなかった。当日命じるのかもしれないし、端《はな》から連れていくつもりで、いちいち口にしないだけかもしれない。

それとも、今回に限っては、小烏丸を外すつもりなのか。

竜晴の考えを読むことは、小烏丸には不可能である。そして、竜晴は神泉苑の物の怪についてはくわしく語ったが、重盛についてはあまり口にしなかった。重盛が小烏丸のことを尋ねたかどうかも、教えてくれなかった。

こうなると、小烏丸が頼れるのは泰山しかいない。心根の優しさゆえに嘘を吐けそうにない泰山なら、すべて正直に話してくれるだろう。

竜晴の話が一段落すると、泰山と目が合うのを待ち、小烏丸は庭へ出ていった。案の定、何も言わずとも、泰山は追いかけてきてくれる。

「医者先生よ」

小烏丸は泰山の足もとに飛び降り、話しかけた。

「四代さまのご様子はどうであった。医者である先生の目から見たことを聞かせてほしい」

「うむ。私も小烏丸に伝えようと思っていたんだ。私たちが夢で最後に会った時より、顔色は芳しくなかった。しかし、葛根草の服用をおやめになれば、これから徐々によくなっていくだろう」

「そうか。だが、それは寿命を延ばすほどのことではないのだな」

「人の寿命は天によって決められている。少なくとも、重盛公はそう信じ、それを受け容れておられる。医者としては悲しくもあるが、死なない人間はいない。それが事実だ」

「うむ。分かっている」

重盛が多少寿命を長らえたとしても、それは付喪神として長い時を生きる自分からみれば、些細《ささい》なものに過ぎない。いずれにしても、重盛は亡くなり、それからのあまりに長い歳月を、自分は重盛なしで生きることになる。それは十分かっていたし、納得もしたはずであるのに……。

「ところで、医者先生よ」

小烏丸は気を取り直すと、

「四代さまは我のことを何か言っておられたか」

と、尋ねた。泰山の表情がみるみるうちに暗くなっていく。返事を聞く前に答えは分かってしまった。

「いや、その……」

しどろもどろになる泰山がかえって気の毒になり、

「ああ、もうよく分かった」

と、小烏丸は言った。

「四代さまは我のことをまったく口になさらなかったんだな」

「まあ……その、そうだ」

「そうだろうと思った」

小烏丸はできるだけ軽い口ぶりで言った。

「あの方のことはよく知っている。一度自分でこうと決めた後、ずるずる思い悩んだり、悔やんだりしないお方なんだ」

「なるほど、非常に強いお方なのだな」

「うむ。だから四代さまが我のことを気にかけないのは、初めから分かっていた。医者先生に訊いたのは、ただ確かめたかったからだ」

「小烏丸、そんなふうに無理をしなくても……」

泰山が気遣うように声をかけてくれたが、その優しさは傷ついた時には毒にもなる。

「無理などしていない。我は平気だ」

小烏丸はそう言い、空へ飛び上がった。しばらく誰とも話をしたくない。顔も合わせたくない。そう思いながら、京の空を飛び回った。そんな気持ちになったのは、思えば初めてのことかもしれなかった。

それから二日後、いよいよ神泉苑の探索に向かう当日の昼間、竜晴は式神を先行させた。

竜晴の呪力によって作り出された白いカラスの式神である。

「私たちが行くまで、上空より神泉苑を見張れ」

何らかの異変を式神が察知した場合、竜晴にそれが伝わる仕組みである。江戸にいた頃にも、四谷の千日谷の洞穴を探らせるべく、竜晴は蛇の式神を使ったことがあったが、それと同じ類だ。

小烏丸は白いカラスが神泉苑の方に飛んでいくのを、複雑な眼差しで見送った。これまで遠くへの移動を伴う仕事では、探索にしろ伝達にしろ、小烏丸に任せてくれたというのに……。

今回、竜晴は小烏丸に何の相談もせず、カラスの式神を使った。

「いつまで意地を張っているのだ、愚か者め」

辛夷の木の枝にとまって、神泉苑のある北西の空を眺めていたら、下の方から不愉快な声が聞こえてきた。木の根元に白く蠢く姿がある。

蛇は木の幹を這い上ってくることがあるが、決して得意ではないはずだ。抜丸もよほどのことでない限り、上ってはこないだろう。このまま無視してしまおうかと思っていたら、

「竜晴さまはずっとお前が詫びるのを待っておられるのに」

と、厳しい声が飛んできた。

「竜晴が我を待っている？」

小烏丸はそれ以上無視し続けることもできず、地面へ舞い降りた。

「詫びるのを待っているということは、我を許してくれるつもりなのか」

「お前は竜晴さまに許されざる無礼を働いた。お前が重盛さまのもとへ飛び去っていった時のことだ。あんな真似をしたにもかかわらず、お前はしれっと竜晴さまのもとに帰ってきた。まあ、この私がお膳立てしてやったわけだから、お前は私に途方もなく感謝していいと思うが……。それはともかく、お前は竜晴さまにきちんと謝っていないだろう」

「そうだったかな」

小烏丸は首をかしげた。

「そうだったかな、ではない。竜晴さまがふだん通りに接してくださるからといって、いい気になるな。竜晴さまは、そのう、他の人間のように怒り顔を見せたり、声を荒らげたり、ということはなさらないが、だからといって前と同じなわけがあるか。お前との間には溝ができたはずだ。竜晴さまが、というより、お前が作ったものであろうが……」

「それは……分かっている。だから、竜晴は我に頼まず、カラスの式神を作って神泉苑に送り出したのだろう」

「分かっているなら、今すぐ詫びを入れるがいい」

抜丸はきびきび言ってから、長い舌をしゅるっと口の中に巻き入れた。

確かに、このままというわけにはいかない。

それでも、竜晴に謝ることには抵抗があった。頭を下げるのが嫌なのではなく、あの時、重盛のそばへ行ったのを悪いこととは、今も思っていないからだ。

そんな気持ちで詫びたとしても、口先だけの謝罪になってしまうし、竜晴は必ずそれを見破るだろう。

小烏丸がそのことを告げると、抜丸は心底あきれたという目を向けてきた。

「お前に詫びの気持ちがないとは、驚くべきことだ。それなら、さっさと竜晴さまのもとを立ち去るがいい」

「詫びの気持ちがないとは言っていない。それに、竜晴のもとを去るつもりもない。我の主人は竜晴だ」

「それが本心であるなら、自然と詫びたい気持ちになるものだと、私は思うがな」

抜丸は鎌首を振りつつ、竜晴たちの部屋の方へ去っていってしまった。

小烏丸は再び、辛夷の木の枝へ飛び上がり、空を見上げた。確かに、今の自分は竜晴の付喪神とは言えないのかもしれない。とはいえ、重盛の付喪神でもない。

どうして、こんなふうになってしまったのだろう。

小烏丸は自分がひどく寂しい境遇になってしまった気持ちがした。やりきれなさを吐き出すように、空に向かってカアと鳴く。言葉にならないその鳴き声は、竜晴の耳にもカラスの鳴き声として聞こえたはずであった。

竜晴がカラスの式神を飛ばしてからずっと、式神の様子に変化はなかった。重盛や頼政らと神泉苑の前で落ち合うのは、亥《い》一つ（午後九時頃）となっている。

やがて日も暮れてしまうと、泰山、抜丸、小烏丸たちが落ち着かぬ様子を見せ始めた。竜晴が誰を連れていくのか、まだ何も告げていないからだ。

「私を連れていってくれるな」

まずは、泰山が真剣な表情で竜晴に尋ねてきた。

「さほど力を持たぬ物の怪ならば同意できるが、今度の敵には鵺が絡んでいるかもしれぬ。鵺は呪力を持たぬ者が何とかできる相手ではないぞ」

と、竜晴が言っても、泰山の決心は変わらなかった。

「お前と一緒に、物の怪や鵺と戦うつもりはない。しかし、お前や重盛公、頼政公の誰かが怪我をしたらどうする？　その時、医者が入用になることだってあるだろう」

「その覚悟があるのなら了解した。共に行こう」

竜晴の言葉が終わるのを待ちかねたように、

「竜晴さま、私もお連れください」

と、抜丸も訴えてくる。

「私は物の怪とも戦えます。あの子犬の獅子王も行くのですから、私が後《おく》れを取るわけにはいきません」

「ふむ。では、お前は本体の刀へ戻り、いざという時には私の刀として戦ってもらおう」

「かしこまりました」

抜丸は嬉しそうに身をくねらせ、それからすぐ本体の刀へすうっと吸い込まれるように姿を消した。

その場にいた小烏丸は複雑な眼差しで、抜丸を見つめている。

さて、小烏丸をどうしたものか。竜晴は思案をめぐらした。

神泉苑には重盛も来る予定で、しかも持参する太刀は小烏丸と考えられる。もちろん、その中にはまだ付喪神になっていない魂が宿っているわけで、今ここにいる小烏丸の付喪神がその中へ戻れるわけではない。

小烏丸も重盛との再会に迷いがあるのか、ぜひ連れていってくれと言うわけではなかった。

その時、竜晴は神泉苑に送り出したカラスの式神の気配を察し、右の人差し指と中指を額に当てて目を閉じた。竜晴の動きに、泰山と小烏丸も緊張した様子で息を止める。

「式神が……倒されたようだ」

ややあってから、竜晴は目を開けて告げた。

「倒されたということは、すでに神泉苑には敵がいるのだな。もう物の怪が現れたというのか」

「いや、噂に聞いた女の物の怪ではないようだ」

竜晴は首を横に振る。

「私の式神を倒したのは鵺だ」

「鵺だと！」

小烏丸が驚きの声を上げ、抜丸の太刀の刀身がかたかたと音を立てて震えた。

「式神と私はつながっている。鵺の気配は一度接したゆえ、間違えようはない」

「では、神泉苑には鵺がいるということか」

泰山の声も緊張していた。

「竜晴よ」

小烏丸が重々しい声で呼びかけてくる。

「我も神泉苑に連れていってくれ」

一片の躊躇いも混じらぬ声であった。

「カラスの式神で立ち向かえぬ相手なら、我が行かずばなるまい。主を助けるのは付喪神の役目だ」

「そうか」

竜晴は小烏丸の目を見てうなずいた。

「ならば、共に参ろう。言わずもがなであろうが、私の命令に従うことが絶対の掟《おきて》だ」

「無論、承知している」

小烏丸はしっかりと返事をする。泰山はどこかほっとした表情を一瞬浮かべた。

「では、少し時は早いが、神泉苑へ向かおう。周辺の様子も確かめておきたい」

竜晴の言葉に、反対する者はなかった。

神泉苑は平安京の大内裏に南面する位置にある。古くはここで天皇主催の遊宴が行われ、溜池には龍頭鷁首《りゅうとうげきしゅ》の船が浮かべられた。また、この溜池は涸《か》れることがないと言われるが、それはここに龍神が住んでいるからとも、龍穴に通じているからともいう。

二

通常は人の立ち入りが禁じられているが、旱《ひでり》の際には門が開かれ、民が池の水を汲《く》むことも許される。また、この地で、雨乞いの儀式が行われることもあった。

竜晴たちはまず、重盛と落ち合う神泉苑の北門に向かった。その門は二条大路に面し、大路の北側には今は使われていない大内裏がある。

門を守る人の姿はなかった。重盛から聞くところでは、日暮れまでは兵が配されているものの、その後は見回りをするだけで常時、門前に立つことはないという。神泉苑の西側には大学寮《だいがくりょう》や大学別曹《べっそう》が、東側には公家の邸が建っており、東からは明かりも漏れている。とはいえ、二条大路を行き来する人影はなく、神泉苑の中も暗闇と静寂に包まれていた。

「中へ入るのか、竜晴」

泰山が小声で訊いた。

「いや、重盛公が来られるまで待とう。神泉苑の中からは邪悪な気配が感じられる。おそらくは私の式神を倒した鵺だろうが、ここから少し探ってみよう」

竜晴はそう断ると、印を結んで目を閉じ、中の気配を探った。

呪力によって、竜晴の意識は神泉苑の中へと入り込む。木立の配された道を進み、敷地の中心部にある溜池のもとへ――。

溜池は黒々と水を湛《たた》え、水面は波が立つこともなく、しんと静まり返っていた。だが、奥にひそむ凶悪な気配が一つありありと伝わってきて、それ以外の気配はない。鵺がこの池の魚たちを食らい尽くしたものだろうか。

竜晴の意識は溜池の上に進み、さらに水の中へ入り込もうとした。

その瞬間――。

溜池の奥の闇が揺らいだ。竜晴の気配に気づき、襲いかかってこようとしたのだ。

竜晴は瞬時に意識を自らの体へ戻した。

るようだ。

「どうした、竜晴」

傍らの泰山が心配そうな顔を向けてくる。無事に戻ってこられたようだ。

「うむ。大事ない」

竜晴は答えた。泰山の肩にとまっている小烏丸も、不安そうな眼差しを向けてくる。

「鵺がいた。溜池の中に潜んでいる」

だが、この世界において、源頼政に退治された鵺ではない。その鵺は体を切り刻まれ、ばらばらのまま、うつほ舟で流されたのであり、その後、異変はないと獅子王が述べている。

「あれは、私たちが江戸で戦った鵺――すなわち薬師四郎の成れの果てだ」

竜晴の気配に対し、ただちに敵意を向けてきたのもそれゆえだろう。そして、竜晴自身も溜池に潜むものに、かつて戦った鵺の気配を察知した。

「だが、あの鵺は竜晴が獅子王の太刀を使って、心の臓を突いたはずだが……」

小烏丸が困惑気味に言う。

「うむ。獅子王はそれが鵺を倒す方法だと言い、私も奴を屠《ほふ》った手ごたえを感じた。

だが、鵺は消え去る間際に『これで終わりと思うな』とも言っていたのだ。あの時はただの負け惜しみと聞こえたが、実はこうして別の世界へ逃れ去り、力を取り戻す手段を講じていたというわけだな」

「竜晴よ。この神泉苑には龍の力が宿っている。奴はそれを利用しているのか」

「その通りだ。だが、私が感じたところでは、鵺も江戸で受けた傷が深く、まだ完治していない様子。つまり、今仕掛ければ、倒すことも十分可能ということだ」

竜晴は力強く言い、刀の抜丸を持つ手にも力をこめた。抜丸の意気込みも伝わってくる。

それから、竜晴たちは念のため、神泉苑の外側に沿う道を歩いて回った。静まり返った都の大路や小路に異変はなさそうである。

一周して二条大路に戻ってきた時には、北門の前に人影があった。顔までは見えないが、複数の人の気配の中に、重盛がいるのは分かる。小烏丸もそれを察したのだろう、

「竜晴よ、我は空を見張っている。何かあれば命令してくれ」

そう言うなり、泰山の肩から急に飛び立っていった。

「重盛公と対面するまいということか」

泰山が小烏丸の姿を目で追いながら、哀れむように呟く。

「まだ心の整理がついていないのだろう。今はこの件に集中するためにも、その方がよいと思う」

竜晴は、小烏丸の姿が夜空に溶け込むのを見送り、それから北門に向かって進んだ。門前には重盛の他、数名の侍たちがおり、その中に源頼政もいた。他はそれぞれの従者であろう。

「お待たせして申し訳ありません。少し早く着きましたので、周辺を見回っておりました」

竜晴が挨拶すると、重盛が「それはかたじけない」と返した。

「こちらは、陰陽師の賀茂竜晴殿、医師の立花泰山殿です」

重盛は続けて、竜晴たちを頼政に引き合わせた。前に出くわした時は竜晴が隠形の術を使っていたので、頼政は竜晴たちの顔を知らない。

「馬場頼政と申す」

具足《ぐそく》姿の頼政が挨拶し、竜晴たちも改めて名乗った。頼政の腰にはしっかりと黒《くろ》漆《うるし》の太刀が佩《は》かれている。付喪神の獅子王も今は本体に身を潜めているようだ。

「神泉苑の中へ入る前に、私が事前に確かめたことをお聞きください」

竜晴は重盛と頼政に、神泉苑上空でカラスの式神が倒されたこと、神泉苑の溜池には鵺が潜んでいること、その鵺は傷ついており龍の力による回復を目論《もくろ》んでいることなどを、推測であることも踏まえて伝えた。

「何と、それがしの倒した鵺が、早くも都へ舞い戻ったというのか。それも、貴《たっと》い神泉苑の池を侵すとは――」

頼政が驚きと怒りの声を上げる。正しくは、長い時を経て復活した鵺が時を舞い戻ってきたわけだが、話せば頼政が混乱するだけなので、竜晴は黙っていた。

「そういうことであれば、今度こそ確実に鵺を仕留めねばなるまい」

頼政が獅子王の太刀を握り締めて言う。

「もちろんです。そのお役目は馬場殿にお願いすることになりましょう。ただし、この度は世間を騒がせている物の怪について調べることが、本来のお役目。そういうことでよろしいでしょうか」

竜晴が重盛に目を向けると、「その通りだ」と重盛は重々しくうなずいた。

「物の怪がここに引き寄せられるのも、鵺との関わりがあるからと思われます。先に鵺を退治してしまうと、物の怪に対処できなくなるかもしれません。そこで、まずは物の怪を待つことを進言いたします」

竜晴が重盛に告げると、

「されど、鵺が我々の気配を察し、襲いかかってくることはないのだろうか」

頼政が気がかりそうに口を挟んできた。

「ごもっともなお言葉です。そこで、私がここの方々に隠形の術をかけましょう。そうすれば、人間にも怪異にも気配を見咎められることはなくなりますので」

「おお、さようなことがおできになるのか」

頼政は感心した様子で言った。その後、重盛の許しを得て、竜晴はその場の皆に隠形の術をかける。

常に日、前を行き、日、彼を見ず
人のよく見る無く、人のよく知る無く、人のよくとらえる無し
オン、アニチヤ、マリシエイソワカ

印を結んで呪を唱えてから、「もう大丈夫です」と竜晴は続けた。

「ただし、相手が察知できるような真似をしたら気づかれます。たとえば、大声を上げたり物音を立てたり、相手と接触したりなどは厳禁です」

「なるほど。では、あまり池には近付かず、少し離れたところから様子を見るのがよいだろうな」

重盛が言い、竜晴はうなずいた。

「はい。敵と十分に距離を取っていれば、互いに小声で話すこともできますので」

そう打ち合わせた後、重盛の従者が木の門を開け、一同はいよいよ神泉苑の敷地内へと踏み込んだ。わずかでも他所の邸の明かりが届く大路と異なり、神泉苑の中は真っ暗である。

「私は夜目が利きますので、先に参りましょう。私の後ろに続いてください。互いに前の人の衣服などをつかんでお進みになるのがよいと存じます」

竜晴が小声で告げ、その竜晴のあとに泰山が続いた。竜晴は泰山に抜丸の一部をつかんでいるように告げた。抜丸の刀身が嫌そうにかたかた音を立てたが、ここは我慢してもらうしかない。

神泉苑の中はひっそりと静まり返っていた。

溜池の周辺には木立が配され、今は春の花や若葉の芽吹きを楽しめる時節だ。それなのに、神泉苑からはまったく生命の息遣いが感じられない。

鳥獣も虫も鵺にその命を奪われてしまったのか、あるいは鵺の脅威を察し、ここから逃げ去ってしまったのか。竜晴は木立の中に作られた道を進み、池が見える場所で足を止めた。

「これ以上進むのは危ないです。声を出せるぎりぎりのところですから、ここでしばらく様子を見ましょう」

竜晴が小声で告げ、一同はその場に留まった。

重盛と頼政は従者たちに、気を抜かず周囲の見張りをするよう、小声で指示を下していた。その後は誰も口を利かず、竜晴は泰山と一緒に池の気配を探り続ける。

ただひたすら真っ暗な夜空を映すだけの溜池に、変化が起きたのは、それから四半刻（約三十分）も経った頃だろうか。

うっすらと白く輝く女の姿がどこからともなく、池の縁に現れたのだ。

泰山が息を呑み、傍らに重盛が立ったことに竜晴は気づいた。が、目は白い女の姿からそらさなかった。

女は袂から何かを取り出すと、それを池に撒《ま》き始めた。それが水面に落ちる度、小さな水音がして、水面に揺らめく。女の様子はこんな時刻でさえなければ、池の魚たちに餌でもやっているようであった。

「龍の髭の根を干したものよ。弱った体によく効く薬草なのですって」

池の中にいるのが化け物と知ってか知らずか、女は優しく語り出した。

「傷ついているのね、かわいそうに。でも、これを食べれば精が付くそうですから、また元気になれるでしょう」

龍の髭の根が精のつく生薬、麦門冬であることを、女は知っているようだ。その顔ははっきりと見えなかったが、竜晴は女の声に聞き覚えがあった。そして、傍らの重盛が身を強張《こわば》らせたのも分かった。

「あの方は鵺に操られているのでしょう」

竜晴は鵺にも女にも悟られぬよう小声で重盛に告げた。返事はない。

「鵺に薬を与えているからといって、鵺の味方というわけではありません」

さらに言うと、ようやく重盛は口を開いた。

「あの方は……数日前、ここへ休息に来られた。その際、憑かれてしまったのだろうか」

重盛はやはり、女の正体にはっきりと気づいているようであった。

「妖に憑かれるのは、心に憂いを抱えておられたからです。思い当たることがないわけでもございますまい」

重盛は無言であった。

「まずは、私があの方の正気を取り戻しましょう。ただし、そのためにはあの方の話を聞かねばなりません」

「それは……」

困るというふうに、重盛が躊躇を示す。竜晴はうなずき返した。

「何かと障りがあるのは分かります。では、こういたしましょう」

竜晴は泰山と頼政に、しばらくこの場で待機し、何が起きても声や物音を立てないようにと伝えた。それから、重盛だけを道からそれた木立の奥まった場所へ連れていき、再び先ほどと同じ呪を唱え始める。

「な、何を――」

「私と小松殿にだけ、隠形の術をかけ直しました。これで、私たちの気配は泰山や馬場殿にもとらえられません」

竜晴は小声で告げた。

「では、あの方の注意を引きましょう。鵺は龍の髭の根を食らうことに夢中ですから、あの方を池から引き離せば、話を交わすこともできます。あの方を御殿の中へおびき寄せる役目、小松殿がお引き受けくださいますか」

竜晴の言葉に、重盛は「分かった」と苦渋に満ちた声で告げた。

「小松殿の姿は今、誰にも気づかれぬ状態にあります。あの方の注意だけを引き、御殿の中へお連れください。私は先に行ってお待ちしております」

竜晴はそう言い、その場で重盛と別れた。

神泉苑の溜池の前には、宴《うたげ》を開くための御殿があり、通常は誰も住んでいない。

竜晴は木立の中の道なき道を進み、池とは反対側から御殿の中に入り込んだ。

「さすがに暗いな。火を点《つ》けるか」

一人呟き、人差し指を立て「狐火《きつねび》」と唱える。すると、竜晴の指先に青白い炎が灯《とも》った。

その明かりを頼りに、竜晴は建物の北側から南側へと向かう。重盛はおそらく、池に近い南側から建物に入ってくるだろう。

重盛にとって深い縁のある女、重盛の言葉であれば何でも従うはずの女を一人、伴って——。

三

竜晴の考え通り、重盛は溜池に面した側から、御殿の中へ入ってきた。宴の際は、すべての戸が開け放たれ、貴人たちの見物席が設けられる側である。

その戸が静かに開き、一人通れるほどの隙間ができると、まずは重盛が、続いて女が一人、中へ入ってきた。竜晴の傍らに灯る青白い狐火が目印となり、重盛は迷うことなく進んでくる。常ならば、その狐火だけでも何事かと問わずにいられぬところだろうが、重盛は驚きの表情さえ浮かべていない。

あとに続く女は、外にいた時と同様、うっすらと白く浮かび上がって見えた。近付くにつれ、それが白い女房装束のせいだと分かる。青白い狐火に照らされたその姿は、雪か氷で作られた像のように冷たく、美しかった。

竜晴は我知らず溜息を漏らした。

「やはり、あなただったのですね、中宮さま」

徳子の眼差しがつと竜晴へ向けられる。

「やはり、とおっしゃるからには、わたくしをご存じのようですけれど、前にお会いしたことがあったかしら」

会ったことがあるのは、重盛の夢の中でのことだ。

生霊《いきりょう》とはいえ、この世界の徳子が竜晴のことを知らないのは無理もない。

「私は陰陽師でございますので。細かいことはお気になさいませんよう」

と、竜晴は言い、御殿の奥へ徳子を誘《いざな》った。

貴人は奥の席へ南に面して座るのがふつうだ。徳子は抗うこともなく、奥へと進み、静かに座った。

竜晴と重盛は徳子に向かい合う形で、左右に座る。

「貴《とうと》い御身《おんみ》で生霊におなりあそばすとは、悲しいことです、中宮さま」

重盛がまず告げた。

「あの溜池に住まっているものは悪《あ》しきものでございますぞ。何ゆえ、あのようなものを助けたりなさったのです」

妹に対する重盛の物言いは厳しいものであった。

「だって、瀕死《ひんし》の姿で救いを求めていましたのよ。龍神の力を分けてくださいと、あまりに懇願するのですもの。わたくしは気の毒で」

「あの溜池の中に潜むものが、中宮さまに語りかけてきたのでございますか」

竜晴は静かに尋ねた。

「さようです。先日、こちらへ足を運んだ時に――。わたくしにしか聞こえなかったようですけれど」

「龍神の力を分けよ、とはどういうことですか。この溜池は龍穴に通じていると聞きましたが、そのことと関わりが……？」

「それは……」

徳子は竜晴から重盛に目を移し、「お話ししてもかまわないのかしら」と尋ねた。

重盛は苦しそうな表情で思い悩んでいる。

「私は中宮さまの生霊を鎮めるため、ここにおります。隠し事はなさらぬようお願いいたしたい」

竜晴は重盛に言った。

「うむ。賀茂殿に隠してもいたし方ない。あの溜池の化け物が龍の力を取り込もうとしているのなら、中宮さまに願い出るのは道理なのだ。中宮さまは豊玉姫《とよたまひめ》の化身であられるゆえ」

「豊玉姫……？」

「豊玉姫……何というつらい言葉の鎖なのでしょう。わたくしをずっと縛り続けてきた重い鎖……」

徳子が悲しげに呟いた。

「どういうことでございますか」

竜晴は徳子に目を向けて真剣に問う。

「あなたさまのお胸の内にある苦しさを、私にお聞かせください。ご境遇を変えて差し上げることはできずとも、お心を縛る鎖は解いて差し上げられるかもしれません」

「そんなことができるのかしら」

初めからあきらめているような物言いであった。

「私はそのためにここに参りました。あなたさまをお救いしたいと心から願っております」

竜晴は声に力をこめて訴えた。その熱意に動かされたように、徳子の眼差しが竜晴の面に据えられる。

徳子は一つうなずくと、透き通った声で語り出した。

わたくしは幼い頃より、父上と小松の兄上から大きな期待をかけられておりましたの。いずれは帝にお仕えする身となるのだと、父上はわたくしにおっしゃいましたわ。

それは、宮中へ上がって、たまたま帝のお目に留まってお情けを頂戴するのを待つ、ということではありませんでした。

父上がわたくしにかけた望みは、もっと大それたもの。

女御《にょうご》として入内をし、いずれ中宮となって、帝の跡継ぎとなる皇子をお産みする

──父上は……いいえ、小松の兄上も、わたくしにそれを期待なさったのです。殿上人《てんじょうびと》以上の家に生まれた娘ならば、帝や上皇さまのおそばにお仕えして、たまたまご寵愛をこうむることはありますでしょう。わたくしの叔母である建春門院さまもそうでした。

ですが、藤原氏でもない家の娘が、正式に入内して后になるなど、とうてい考えられません。

わたくしだって、そう思いましたわ。いくら父上が太政大臣《だじょうだいじん》となって、位人臣《くらいじんしん》を極めたとはいえ、娘の入内はやはり途方もない望みであり、都中の藤原氏を敵に回すようなことである、と──。

そんなわたくしの脅えを取り除こうというのでしょうか、父上はある時、わたくしにおっしゃいましたの。

「そなたは豊玉姫の生まれ変わりなのだ。龍神の娘がどうして帝の后となることを恐れることがあろうか」と。

ご承知の通り、豊玉姫は海神《わたつみ》の娘にして、火遠理命《ほおりのみこと》と結ばれ、王家（皇室）の祖となる御子（神武天皇の父）をお産みになりました。その生まれ変わりであれば、帝の正妻となることに何の躊躇も要らぬ、ということなのでしょう。

豊玉姫は龍宮に暮らし、出産の折には鰐《わに》の姿になったと言いますから、海との縁が深い姫神。

父上は厳島《いつくしま》神社を再建し、海の航行を助ける宗像三女神《むなかたさんじょしん》を信奉しておられますから、海神や豊玉姫のご加護を得るのも不思議ではありません。

父上が受けたという夢のお告げに、わたくしが否《いな》と言うことはできませんでした。

わたくしは逃げることもできなかった……。

それは、父上に逆らい、神に抗い、小松の兄上の期待を踏みにじることだったから。

ですが、わたくしとて、入内する前はふつうの娘でした。心の中で、ひそかにお慕いするお方もおりましたのに……。

わたくしは本当に、豊玉姫の生まれ変わりなのでしょうか。

ずっと、わたくしはそのことが疑わしくてなりませんでした。

もし、わたくしが誰かの生まれ変わりというのなら、衣通姫《そとおりひめ》ではないかと思うのです。兄上をお慕いして、世の中の人から爪弾《つまはじ》きにされ、兄上と共に死んだ衣通姫こそ、わたくしにふさわしいと……。

徳子は語り終えると、袖で顔を覆って、さめざめと泣き出した。

衣通姫とは、允恭《いんぎょう》天皇の娘で軽大《かるのおおい》娘《らつめ》という皇女のこととされている。その美貌は衣を通して光り輝くように美しかったとされ、衣通姫と呼ばれるようになった。

だが、彼女は実の兄である木梨軽皇子《きなしのかるのみこ》に想いを寄せるようになってしまった。異母兄妹の婚姻が不自然でなかった時代であるが、彼女の想い人は母親も同じ兄――。同じ母から生まれた男女が情けを交わすことは、遠い昔でも許されぬ禁忌であった。

それでも、軽大娘は兄を想い続け、兄もまた彼女を愛し、破滅していく。

自身をその軽大娘にたとえたということは、徳子自身が重盛に想いを寄せている証《あかし》であった。

だが、重盛は徳子の言葉に、何の返事もしない。徳子が意に染まぬ人生を歩まされたことで悲しんでいるとしても、ここで「すまなかった」と言うことは、徳子のこれまでの人生を台無しにするものだ。あえて無言を通す重盛の気持ち――その苦悩と妹への思いやりが竜晴にも察せられた。

「中宮さま」

泣きむせぶ徳子に、竜晴は語りかけた。

「あなたさまの密《ひそ》かな想いは現世《うつしよ》では許されざるもの。それはあなたさまご自身が誰よりも分かっていらっしゃることでしょう。ですが、胸の内で誰を想おうと、自らをもって由《よし》とするのであれば、人がとやかく言うことではありません」

徳子が袖口から顔を上げ、涙に濡れた目を竜晴に向ける。涙に洗われた双眸はこれまで目にしてきたものの中で、最も美しいものだと思われた。

同時に、竜晴は胸の痛みを覚えた。

これまで多くの人や霊の話を聞き、それぞれの悲しさや虚しさに触れてきながら、このような胸の痛みを覚えることはなかった。

それなのに、どうして徳子の胸の痛みだけはこうもまっすぐ心に刺さってくるのだろう。

いや、その理由は竜晴自身、よく分かっている。徳子の悲しみがそのまま自分の悲しみに結びつくからだ。

ただ一度だけ――それも、重盛の夢の中という特別な状況で対面しただけでありながら、心を奪われた女人。だが、その人が豊玉姫の生まれ変わりであるのなら、神に仕える家系に生まれた自分が心惹《ひ》かれるのも無理はない。

もちろん、結ばれることなど万に一つも考えられない。ただ、せめて幸いになってほしいと思う。己の人生を幸いなものと思って生きていってほしい、と——。

だが、それを言うなら、徳子の重盛に対する想いも同じなのかもしれない。異母兄にかける想いは、時を超えた恋と同じようにやるせない。

「中宮さまの想いを非難することは誰にもできません。ここにおられる小松殿にも、です。けれども、あなたさまの想いが実を結ぶことはあり得ませんし、それはご自身でも分かっておられるでしょう」

「もちろん分かっておりますとも。ですから、わたくしはすべて父上と兄上のおっしゃることに従って、生きてまいりました」

「そのことを悔いておられるのですか」

「悔いて……？　いいえ、悔いてなどおりません。わたくしは兄上の望む通りに生きてきた。そのことはわたくしの誇りです」

徳子は迷うことなく言った。その表情は凛《りん》として気品に満ちている。

「では、あなたさまの望みは何なのですか」

「わたくしの望み……？　わたくしの望みは兄上の幸いだけ。でも、兄上はそうではなくて……」

徳子の表情が曇りを帯びた。

「さようなことはない」

それまで黙っていた重盛が言った。

「私は、誰より大事に思う妹を、この国で最も貴い女人として仰ぐことが叶った。これ以上の幸いが他にあるだろうか」

「兄上さま、それはまことでございますか」

徳子が大きく目を瞠っている。

「まことだ。どうして疑うことがある」

「兄上さまはいつもわたくしにそっけないご態度でいらっしゃるから。礼儀正しく重々しく扱われれば扱われるほど、兄上さまが遠くなっていく気がして……」

「私が悪かったのだな。だが……」

重盛はいったん口を閉ざすと、少し寂しげに微笑《ほほえ》んでみせた。

「『言はで思ふぞ言ふにまされる』とおっしゃったのは、中宮さまではないか」

徳子の頬を涙が伝っていく。だが、それにも気づかないのか、徳子は袖で涙を拭うこともしなかった。


心には下行《したゆ》く水のわきかへり　言はで思ふぞ言ふにまされる

――我が心には、ひそかにあなたを思う気持ちが湧き水のようにあふれている。口に出さずにあなたを想うこの気持ちは、口に出すよりはるかに勝《まさ》っているのだ。

徳子の重盛への想い。重盛の徳子への想い。

竜晴自身の徳子への想いも同じだ。誰もが想う人と結ばれることはなく、ただ想う人の幸いだけをひたむきに願っている。

そして、口には出さないからこそ、その想いはおのずと深いものとなる。

「中宮さま」

竜晴は優しく呼びかけた。徳子がようやく涙を袖で拭い、輝くその瞳を竜晴に向ける。

「あなたさまは清らかなお方。決して邪《よこしま》な道へ行ってはなりません。この神泉苑の溜池に潜んでいたのは邪なもの。あなたさまの清らかな心を利用して力を得ようとした悪しきものです。関われば、あなたさまの心も邪なものに汚されてしまう。どうか、このままお帰りください。そして、二度とここへ来てはなりません」

竜晴の言葉に耳を傾けていた徳子は、ふと頼りなげな表情になった。

「わたくし……どうやってここへ来たのかしら。どうしましょう。帰り道が分からないわ」

と、途方に暮れている。

「ご安心を。私が帰して差し上げます」

竜晴は徳子の目をしっかりと見つめて告げた。徳子の双眸に安堵の光がよみがえる。

「悪事も一言、善事も一言。一言で言い離つ神、葛城《かつらぎ》の一言主《ひとことぬし》」

徳子は静かに目を閉じた。両手を合わせて頭《こうべ》を垂れる。

「よく聞いて、決してお忘れなきよう。神は邪を嫌う」

竜晴は印を結び、呪を唱え始めた。

火途《かず》、血途《けちず》、刀途《とうず》の三途《さんず》より彼を離れしめ、遍《あまね》く一切を照らす光とならん
オンサンザン、ザンサクソワカ

竜晴は手を振り上げる。すると、徳子の姿は清らかな白い光となって、東の方へ流れていった。今、里内裏として使われている閑院の方角であった。

「かたじけない、賀茂殿」

徳子の姿が完全に消えてしまってから、ややあって、重盛が低い声で言った。

「中宮さまを救ってくださり、まことにありがたく思う」

「中宮さまはおそらく、神泉苑に通っていたことも、今宵のことも覚えてはおられないでしょう。ですが、生霊となって鵺のような悪しきものに操られてしまうほど、心に虚《うつ》ろなものを抱えておられたことを、小松殿はどうか忘れないで差し上げてください」

竜晴は静かに告げた。徳子の虚ろな心を確かなもので埋められるのは、おそらく重盛だけだ。そのことをはっきりと悟らされた。そして、今、竜晴自身の心にも虚

ろなものがある。

（私の虚ろな心を埋めてくれるのは、いったい……）

そんなものがこの世にあるのか。そんな人がどこかにいるのか。答えは分からない。

だが、今はそれにとらわれている時ではなかった。

外にいる鵺、江戸で多くの人を苦しめた挙句、この時代へやって来て徳子を苦しめた鵺を決して許すつもりはない。

「参りましょう、小松殿。鵺を倒さねばなりません」

「うむ。よろしく頼む」

重盛は顔を引き締め、力強い声で応えた。

八章　美しく青き龍の玉

一

この場でじっとしているようにと言われてから、しばらく経つ。

(竜晴と重盛公はどこへ行ってしまったのか)

泰山は周りに気づかれぬよう、小さく息を漏らした。

竜晴のかけてくれた隠形の術が効いているのか、神泉苑の溜池前に現れた女の物の怪は、泰山たちにはまったく注意を向けなかった。

ややあってから、物の怪は御殿の中に姿を消したが、その後はどうなっているのか、まったく分からない。同じように待たされる源頼政が「どうなっているのか」という眼差しを向けてくるのだが、泰山とて答えようがなかった。

物の怪が入っていった御殿の中に、竜晴と重盛もいるのだろうか。竜晴の人並外れた力については知っているし、自分が心配することでもないが、無事かどうかは気にかかる。

そうするうち、御殿の屋根に白い光が現れ、東の空へ流れていくのが見えた。

(あれは、これまで竜晴が霊魂を祓った時に見たものと似ていたな)

とすると、竜晴は先ほどの物の怪——実体のある物の怪なのか、人間の女に憑いていた霊なのかは分からないが——とにかくそれを祓うことに成功したのだろう。ならば、間もなく竜晴たちが戻ってくるかと、泰山は気持ちを明るくした。と、その時——。

「立花殿っ!」

突然、源頼政が大声を上げた。

どういうことだ。そんなことをすれば、竜晴のかけた隠形の術が……。

泰山の心に頼政への不審の念が生まれたのは、ほんの一瞬だった。

頼政の大音声に続き、すさまじい水しぶきの音がして、ほとんど間を置かず、泰山の体はびしょ濡れになっていた。神泉苑の溜池から巨大な何かが湧き出したのだ。

「な、何事だ」

もはや声を立ててはならないという戒《いまし》めも、どこかへ吹き飛んでしまっていた。

「お下がりくだされ」

老いてもさすがは武士で、頼政は誰より俊敏に動き、泰山の前に立ちはだかった。その手には抜き放たれた獅子王の太刀が握られている。付き従う侍たちもそれぞれ、太刀を抜いて泰山を囲むように立った。

(侍の方々はやはり違う)

と、心底感心し、頼もしく思う一方、

(早く戻ってきてくれ、竜晴)

と、祈るような気持ちも込み上げてくる。

その時、泰山の目に、池から現れ出た化け物の姿が飛び込んできた。真っ暗な夜空の下で見えたのは、それ自体が赤黒く不気味な光を放っていたからだ。

「た、狸《たぬき》か⁉」

だが、通常の狸より何倍も大きい。それに体は狸のようだが、頭は猿だ。その双眸はらんらんと輝いていた。

「女ぁー。どこへ行った」

化け物が吠えた。

「わしはまだ癒えておらぬ。龍の髭はまだまだ足りぬ。もっと持ってこい。どこへ隠れた」

御殿の屋根にも届きそうな頭を、ぐるんぐるんと振り回しながら、化け物は女を捜している。その化け物の眼《まなこ》が泰山たち一団へと向けられた。

泰山たちが立てた声や物音のせいで、竜晴のかけてくれた隠形の術はもう化け物に効いていないようだ。

「立花殿、お逃げくだされ」

頼政が振り向かずに言い、配下の侍たちには「行くぞ」と声をかけた。

「ははっ」

侍たちが応じ、一斉に化け物に斬《き》りかかっていく。

「あわわ……」

泰山は何もできず後退《あとずさ》った。頼政たちの邪魔にならぬよう、せめて身を隠さねばならないと思うが、足がまるで動かない。

霊に憑かれた人を見たことは何度もあるが、このような化け物を見るのは初めてだった。

体が狸で、頭が猿、足が虎で、尾が蛇――頭では分かっていても、本物の脅威は予想をはるかに超えている。自分が襲われたり踏み潰されたりする恐怖を、泰山は生まれて初めて味わっていた。

動けぬ泰山の目の前では、侍たちが果敢に化け物に攻め込んでいく。だが、彼らの刃は撥《は》ね返され、斬りつけることも突き刺すこともできなかった。

「狙うのは体の接《つ》ぎ目だ。首と足の付け根、尾の付け根を狙え」

頼政が侍たちに注意を与えている。さすがはかつて鵺を倒したことがあるだけに、急所が分かっているのだろう。それにしても、あんな化け物に怯むことなく立ち向かえるとは――。

泰山は硬直したまま、頼政たちの戦いぶりに見入っていた。

「医者先生よ」

我に返ったのは、上空から舞い降りてきた小烏丸の鳴き声とその羽搏きの音のお蔭である。

「あ、ああ。小烏丸か」

小鳥丸は泰山の肩にとまった。

「こんなところにいては巻き込まれる。御殿の方へ行け」

小鳥丸は慌ただしく指示した。

「あっちに竜晴がいる」

その言葉が泰山の足に不思議な力を与えた。竜晴のもとへ行かなければ——と思うと、体に力が湧いてくる。

泰山は木立の間を抜けて、御殿の方へ懸命に走った。耳もとで鳴き立てる小鳥丸の指示に従い、泰山はどうにか御殿の端に立つ竜晴のもとへとたどり着いた。

竜晴は一人、落ち着いた様子で、戦いのありさまを眺めている。

「竜晴よ」

小鳥丸と共に声をかけると、竜晴の目が泰山の方へ向けられた。

「うむ。無事でよかった」

と、竜晴は言い、すぐに戦いの方へ目を戻した。

「重盛公は……」

「すでにあちらで戦っておられる」

という竜晴の返事を聞きつつ、戦いの現場へ目を凝らすと、泰山の目にも太刀を抜いて、鵺に斬りかかっていく重盛の姿が見えた。

「鵺を倒すには、急所の首、足の付け根と尾の付け根を断つしかない」

「うむ。頼政公もそうおっしゃっていた」

「だが、それはほぼ同時に行わねばならないのだ」

「三名の剣の使い手が入用ということか」

「必須ではないが、戦いは楽になる。剣の使い手だけでなく、相応の名剣もあればなおさらな」

竜晴の声はまったくいつもと同じように落ち着いている。それが頼もしく思える一方、こうした異常な状況下においては、何やら空恐ろしくも感じられた。

「名剣は幸いここにそろっている。頼政公の獅子王、重盛公の小烏丸、そして私が持つ抜丸だ」

竜晴は自ら腰に佩いた抜丸に手を当てて言った。抜丸の刀身がその言葉に応じるごとく、かたかたと鳴った。

「それなら、お前も参戦しなければならないのか。あ、いや、お前は剣を使えるのか。使えないなら、重盛公か頼政公のご家来衆の誰かに……」

「いや、私も剣は使える。剣豪ではないが、妖を斬る剣ならば問題ない」

竜晴はいともたやすいことのように言った。

「な、なら、お前も……」

「いや、私には為すべきことがある」

竜晴はゆっくりと首を横に振る。

「鵺の体が四つに切り刻まれたその時、それぞれをこの平安京の四方に封印するのだ」

それがどういうことなのか、泰山にはよく分からないが、鵺の脅威から皆を守るただ一つの方法であり、それを為せるのが竜晴だけだということは分かった。

「では、抜丸の刀は誰が……」

「お前に頼む、泰山」

竜晴はさも当たり前のように言う。

「な、何を言うんだ。私は刀など使えないぞ」

「刀を使えなくてもかまわない。抜丸は付喪神を宿した霊剣だ。使い手との呼吸さえ合っていれば、自ら敵を斬る」

「自ら敵を斬る――？」

もはや何が何やら分からない。だが、その通りだとでもいうかのように、抜丸の刀身が先ほどよりも激しく鳴った。

「お前は抜丸の付喪神と言葉も交わせるし、意も交わしてきた。頼政公や重盛公のご家来衆に任せるより、うまく扱えるだろう」

「ああ、もうわけが分からないが、分かった。とにかく私は抜丸を手にあの化け物に斬りかかればいいのだな」

ええいままよ、という気持ちで泰山は返事をした。

「お前が斬るのは尾の部分だ」

竜晴は冷静に告げる。

「尾は蛇ゆえ、抜丸と相性がいい。首と足は重盛公と頼政公が落とされる。そのことは重盛公が頼政公に伝えてくださっているので、お前は気にしなくていい。あとは三人で呼吸を合わせて、一斉に斬りつける」

「おいおい、それは無理というものだ。頼政公とは今日初めて会ったばかりなんだぞ」

「合図がある」

竜晴はやはり冷静に返した後、泰山の肩にのった小烏丸に目を向けた。

「やってくれるな、小烏丸よ」

「分かった」

小烏丸は重々しい声で返事をした。

「我はあの化け物の目を狙って、これから何度か攻撃を仕掛ける。あやつの隙ができたと思った時、声を上げる。それが合図だ」

「了解した」

泰山も覚悟を決めた。竜晴が抜丸を鞘ごと泰山に渡す。そのずっしりとした重みが、泰山の手に伝わってきた。

「では、私は封印の準備を始める。泰山、抜丸、それに小烏丸。よろしく頼むぞ」

竜晴の言葉に、泰山と小烏丸は声を合わせて「おう」と答えた。抜丸の刀身が武者震いを立てている。泰山は鯉口《こいぐち》を切って抜丸を鞘から抜いた。

美しい白銀の刀身が自ら輝きを放っている。

「やあっ！」

かつて出したこともない勇壮な掛け声を立てつつ、泰山は化け物に向かって駆け出していった。

二

竜晴は封印の準備をしつつ、鵺と泰山たちの戦いから目をそらさなかった。

鵺は江戸で戦った時と同じくらい——成犬の十倍ほどの大きさがある。あの時、切り落とされた足や首、尾は元に戻っているが、傷口はふさがっていなかった。そのせいで、体を思うように操れないらしく、かつてより凶暴になっている。

傷口を狙って斬りつければ、刃は届くものの、それ以外のところはまるで効果がない。重盛や頼政はさすがに急所を狙っての攻撃に徹して無駄のない動きをしている。その家臣たちも奮闘はしているが、思い通りのところに斬りつけるのはなかなか難しいようであった。

泰山に至っては、尾の付け根に絞って狙っているのだが、鵺の後ろへ回り込もうとすれば蛇に嚙《か》みつかれそうになり、それを防ぐだけで精一杯である。

一方の小烏丸は空高く飛び上がり、鵺の目を狙って果敢に攻撃を仕掛けていた。鋭い嘴《くちばし》で鵺の禍々《まがまが》しい眼をくり貫こうとする。

気づいた鵺が前足で一撃を食らわそうとするや、小烏丸はすばやく空へ舞い上がった。

鵺の一撃は空振りに終わり、体勢を崩したところへ、頼政の刃が鵺の後ろ足の付け根を一閃《いっせん》する。

「グオォー」

鵺が咆哮《ほうこう》を上げ、横倒しになった。

「小松殿！」

頼政が重盛に声をかけ、重盛が太刀の小烏丸を振り上げる。だが、その刃は鵺の首には届かなかった。鵺が驚くべき速さで起き上がり、重盛に襲いかかろうとする。

「四代さまっ！」

上空から突っ込んできた小烏丸が鵺の顔を足の爪で引っ掻《か》いた。その隙に、重盛はいったん退く。

「すまぬ、小烏丸」

重盛の口から感謝の言葉が漏れた。小烏丸は鵺の反撃を逃れ、再び空へと舞い上がっていく。

この現実の世界に来て以来、重盛と小烏丸はきちんと対面を果たしていない。そもそも、今の重盛が付喪神の言葉を解せるのかどうか、竜晴にも分からなかった。

しかし、今、小烏丸に助けられたことを、重盛は分かっている。小烏丸の「四代さま」という呼びかけまで人語として解していたかどうかは不明だが、それでも、あのカラスが小烏丸であることは分かっていたのだ。

小烏丸も返事こそしなかったが、報われた思いを嚙み締めているのではないだろうか。

この調子ならば、皆で息を合わせて鵺に斬りかかることも不可能ではない。今は、同時に斬りつけていないから、鵺の回復を許してしまったが、同時に首と足と尾を切り離せば、回復前に封印できる。

とはいえ、剣を扱い慣れていない泰山だけは別で、体に余計な力が入ってしまうのか、まともに抜丸を振るえていないようだ。

（こうなれば、仕方ない）

竜晴は覚悟を決めると、思念で抜丸に呼びかけた。

――これから泰山に呪をかけ、半分眠りに就いてもらう。泰山は自分の考えで動くのをやめるが、お前が泰山の体を操り、鵺の尾を切り落とすことはできるな。

――かしこまりました。医者先生の心には邪念がまったくないため、操ることはたやすうございます。お任せください。

抜丸からは頼もしい返事があった。

「では、頼むぞ」

今度は声に出して言い、竜晴は印を結んだ。

清《さや》かなる月の光明、苦患《くげん》を溶かし、安らかなる夜の帳《とばり》を瞼《まぶた》に宿さん
オン、センダラ、ハラバヤ、ソワカ
竜晴が泰山に向けて呪を唱えた途端、泰山の動きが急に変わった。

体全体に入っていた無駄な力が抜け、敵との間に適度な距離を取った位置で、抜

丸を構え直したのだ。

「おお、立花殿も剣を握ってから、侍らしゅうなってまいりましたな」

頼政が泰山の変貌にすばやく気づき、声をかける。しかし、泰山はまるでその声も聞こえぬ様子で、ただ鵺を見据えているだけであった。その泰山の顔つきを見て、頼政が怪訝そうな表情を浮かべる。

「馬場殿」

重盛が声をかけた。

「おそらく、立花殿は術にかかっておられる。あちらの賀茂殿のお力でな」

重盛は泰山の虚ろな表情と、先ほどの竜晴の行動から、おおよそのことを察していたようだ。

「剣に慣れない立花殿が、我々と同じ程度に剣を振るえるようにとのことでしょう。次に合図があったら、同時に斬りかかりますぞ。馬場殿は四肢の付け根をお願い申し上げる」

「かしこまった」

頼政は力強く返事をした。

それから、地上は小競り合いが続いた。重盛と頼政は家臣たちを下げ、弓矢で鵺の急所を狙うよう指示を下した。一方、重盛と頼政と泰山は鵺からの攻撃をかわしつつ、やはり剣で急所を狙う。ただし、これは鵺の攻撃を少しでも和らげるための策でしかない。

そうするうち、いったん空へ消えた小烏丸が再び舞い降りてきた。

「顔は射るな。足を狙え」

重盛が矢を射る侍たちに声を放つ。小烏丸は心置きなく鵺の顔に飛びかかっていく。

鵺が足もとに気を取られた隙を狙って、小烏丸は鵺の右目に嘴を突き入れた。

「グエーッ！」

鵺の悲鳴が上がった。その途端、鵺から飛び離れた小烏丸が「カアー」と高らかに鳴き声を響かせる。

ふつうのカラスの鳴き声とは明らかに違う、高く澄んだ美しい声。「今だ」というその言葉を人語として聞き取ることができない者でも、これが何らかの合図であると絶対に分かる声。

「いざ」

重盛が声を放ち、太刀の小烏丸を右上段に構えた。

抜丸を持つ泰山は鵺の尾をしかと見据えている。

頼政は鵺の四肢を狙い、獅子王を地面と水平に構えている。

次の瞬間、三名は一斉に鵺に躍りかかった。

小烏丸が首を、抜丸が尾を、獅子王が四肢を切り落とす。頼政は驚くべきことに一閃で四肢を切り落とした。

竜晴はすかさず、印を結んだ右手を前に、呪を唱え始める。

兵火獣《へいかじゅう》いかなる災禍《わざわい》をもたらせど、我、彼に敗れる無く、彼、我に勝ること無し
難一切を除き、国家鎮護す
ノウボウタリツ、タボリツハラボリツ、シャキンメイシャキンメイ
タラサンダン、オエンビソワカ

「大元帥法《だいげんすいほう》」

竜晴の声が神泉苑の上空に駆け上がっていく。

「我が声に応じよ、都を守護する神獣《しんじゅう》たち」

次の瞬間、東西南北、それぞれから白い光が駆け上がった。まばゆいばかりの神々しい四つの光は、神泉苑を目指して空を走る。

やがて、神泉苑の池の上に、東の空から青龍《せいりゅう》、南の空から朱雀《すざく》、西の空から白虎《びゃっこ》、北の空から玄武《げんぶ》が集《つど》った。

夜空を背に、星の光が凝縮したかのようなまばゆい神獣たちの姿。

遠くからはどれも白い輝きに見えたが、近くへ来ると、青龍はうっすらと青みを、朱雀はうっすらと赤みを帯びているのが分かる。白虎は四体の中で最もまばゆい白光を放ち、玄武はその輝きがかなり抑えられて夜空の闇に溶け込んでいるようだ。

「何……と」

その場にいた者たちが次々に意識を失って倒れていった。

倒れずに立っていたのは、竜晴の他には力を宿した名剣を手にする泰山、重盛、頼政の三名だけである。

「禍々しき蛇は東の守護者に、悪辣《あくらつ》な猿の頭は南の守護者に、凶暴な虎の四肢は西の守護者に、忌まわしき狸の体は北の守護者に」

竜晴が朗々と唱えるのにつれて、切り落とした鵺の体の一部は、神獣それぞれの口や足に捕らわれた。

「尊《とうと》き四柱《しはしら》の神獣たちよ。悪しきものを永久《とこしえ》に封じ、都を守護せよ」

竜晴の言葉が終わるや、四神たちは再び夜空へと駆け上がった。今度は、神泉苑から四方向へと光の尾が流れていく。四本の光の軌跡は都の空に大きくて鮮やかな花を描き出したかと思うと、瞬く間に散ってしまった。

鵺の体は影も形もなく、すべてが夢か幻だったのではないかと思えるような静寂が神泉苑に戻ってくる。

「鵺の体は四神たちによって封印されました」

ややあってから、竜晴の声が夜の静寂を破った。

「四神の力が弱まることのない限り、鵺の復活はございません」

竜晴の言葉が終わるのを待っていたかのように、泰山の体ががくっと揺れた。

「おっと」

竜晴は泰山の腕をつかむと、「解《かい》」と唱えた。

「わわ、……私は、いったい」

術を解かれた泰山はすぐに正気を取り戻した。崩れかけた体勢をすぐに立て直すと、しっかりと握り締めていた抜丸に目を向け、目をぱちくりさせている。

「鵺は無事に退治できたぞ」

竜晴が告げると、「そ、そうか」と泰山はうなずいた。完全に呑み込めたわけではないのだろうが、これまでも不思議なことに遭遇してきた経験から、今はひとまず呑み込む時だとわきまえているのだろう。

一方、頼政はどうしても呑み込めないものがあるという顔つきで、

「あの、今、見たものは……。それに大元帥法と聞こえたような気がするのだが」

と、困惑気味に重盛と竜晴を交互に見つめた。大元帥法は天皇のみが行う呪法で、他の者が扱うことを許されていない。そもそも、臣下や民に出回っているはずのない知識であった。

「はて。それはお聞き間違えではないでしょうか。私は皆さまが切り刻んでくださった鵺を、平安京を守る四神たちに預けて封印する呪法を施しただけです」

竜晴はとぼけた。

「私も、大元帥法などとは聞いておりませんな」

重盛も竜晴に話を合わせて言う。重盛から強い眼差しで見据えられると、頼政は目を伏せた。

「確かに、それがしの聞き間違いであったようです」

と、頼政は恐縮した様子で述べた。

「それにしても、皆さまが息をそろえて鵺の体を切り刻んでくださったお蔭です。まことに神業とも申すものでございましょう」

竜晴は重盛と頼政を労った。

「いや、立花殿こそ見事であった。剣など持ち慣れていなかろうに」

と、頼政が泰山に賞賛の目を向ける。

「え、いや、私は何も覚えて……」

「それでも、お前が鵺の尾を切り落としたのは紛れもない事実だ。その手にある剣を使ってな」

竜晴の言葉に、泰山は改めて抜身の抜丸に目を落とした。

「そうか。抜丸殿が……」

泰山は感慨深い声で呟くと、抜丸の刀身を鞘へと戻し、竜晴に返そうとした。

「いや、もうしばらくはお前が持っていてくれ。共に戦ったものだけが分かる思いというのもあるだろう」

竜晴の言葉に泰山はうなずき、抜丸を大事そうに持つ。

それから、重盛と頼政は倒れている配下の侍たちのもとへ駆けつけた。侍たちは徐々に意識を取り戻し、特に問題もなさそうであった。四神の神々しい姿と大いなる力を前に、正気を保っていられなかっただけのようで、鵺との戦いによって大きな怪我を負った者もいない。

「それでは、それがしはこれにて」

頼政は配下の者たちを連れて、先に神泉苑をあとにした。

「また改めて御礼の使者を遣わしますが、今日はここで失礼申し上げる」

重盛は挨拶し、頼政を見送った。その後、重盛は自分の配下の侍たちにも先に神泉苑を出て、門前で待っているようにと告げた。

「鵺を封じたというお言葉、そのまま受け取ってよろしいのだろうか」

重盛は改めて竜晴に問う。

「はい。最大級の封印ですので、まず破られることはないでしょう。神獣にはそれぞれ強い効果を発揮できるものを封じてもらいました」

蛇や蛟《みずち》の上位種である青龍には、蛇を。

虎の項に立つ白虎には、虎の足を。

心の臓を備えた体は二度と起き上がれぬよう、固い甲羅を持つ玄武に。

目、鼻、耳を備えた猿の頭は、鋭い足の爪と嘴を持つ朱雀に。

竜晴がそのことを説明すると、重盛はようやく安堵の息を漏らした。

「まこと、賀茂殿のお力には助けられた。賀茂殿がおられなければ、あの鵺が力を取り戻し、この都はどうなっていたことか」

「いいえ、もともと、あの鵺は私たちの世界で復活したもの。それが、この時代にやって来たことこそ、奴を取り逃がしてしまった私たちの不始末ですので、感謝される謂れはありません」

「これで、お二方は元の世界へお戻りになれるようになったのか」

重盛がやや複雑な表情で問う。

「そうですね。鵺を封じてから気を探ってみましたところ、私たちをここへ送った蜃の気を見つけることができました。あとはその気をたどっていけば、元の世界へ戻れるでしょう」

「おお、やっと戻れるのか」

竜晴の言葉に、泰山が明るい声を上げる。が、すぐにきまり悪い表情を浮かべて、口をつぐんだ。竜晴と重盛の足もとにいる小烏丸の姿に気づいたからであった。

「小松殿にお尋ねしたいことがあります。小松殿は夢の中と同じように、今も小烏丸の言葉を聞き取ることがおできになるのですね」

竜晴が重盛に目を向けて静かに問うた。

「……うむ。私自身も驚いているが、確かに聞き取れた」

「まことですか、四代さま」

小烏丸が声を上げる。

「ああ。今もなお、四代さまと呼んでくれるその声がはっきりとな」

重盛は微笑みながら言った。

「夢で別れた時、覚悟は決めたはずであった。だが、こうして現実の世でもお前の姿を見て、その声が聞けたことを嬉しく思う」

「我も四代さまと共に戦うことができて、嬉しゅうございました」

重盛は腰を屈めると、小烏丸を抱え上げた。驚いた小烏丸は足をばたばたさせたが、すぐにおとなしくなる。

「賀茂殿」

重盛は抱えた小烏丸を竜晴の方に差し出した。

「貴殿が今の主なのだな。小烏丸をよろしく頼む」

竜晴は重盛の目と小烏丸の目を交互に見つめた。

「それで、お前はよいのか」

竜晴は小烏丸だけに目を据えて問う。

「うむ。今の我の主人は竜晴だ。そのことはずっと変わらない」

小烏丸もまた竜晴だけを見つめて言う。

「元の世界へ帰ってかまわないのだな」

「うむ。竜晴と共に帰りたい」

小烏丸の言葉を受け、竜晴は重盛から小烏丸を受け取った。

重盛は自らの腰に佩いた小烏丸の太刀に手を置き、竜晴の腕にのる小烏丸にしっかりとうなずいてみせる。

「では、小松殿。私たちはここで失礼しなければならぬようです。蜃の呼気を捕らえることができましたので。泰山と抜丸もいいな」

「あ、ああ」

急なことに動じながらも、泰山がうなずく。

「橘泰陽殿と馬場頼政殿によろしくお伝えください」

「分かった。貴殿たちは急に帰らねばならなくなったと伝えておこう」

重盛がうなずく。竜晴は懐から呪符を取り出した。人の目には見えぬ気の流れを捕らえ、そこに呪符を放つ。

次の瞬間、呪符から白い霧のようなものが立ち、一同を包み込んだ。

湿っぽく温かい霧のような煙――それは、あちらの世界で蜃の吐いた息であった。

竜晴の呪力でこちらの世界とつなげられたのだ。

「四代さまぁ！」

小烏丸が声を限りに叫んだ。その時にはもう重盛の姿も見えてはいない。

「お別れ申し上げます、かつての我が主よ」

小烏丸の声さえも白い煙のようなものに呑み込まれたかと思われた直後、竜晴たちは皆そろって、江戸の四谷、千日谷の洞穴の中にいた。

三

小烏丸と抜丸はいつものカラスと蛇の姿をしており、竜晴と泰山は出かけた時と同じ格好をしている。竜晴は刀の抜丸を、泰山は薬箱と風呂敷包みを携えていた。

そして、目の前には大蛤——蜃の姿があった。何も語ることはなく、目の前に何が起きようと動じることなく、ただ呼吸をくり返している。

「竜晴、私たちは元の世へ戻ってきたのだな」

泰山が震える声で問うた。

「うむ。出かけた時から少し時は経っているだろうが、さして問題になるほどではない」

「よもや、浦嶋子《うらしまこ》のように何百年も時が経っていた、などということはあるまいな」

泰山は少し脅えたように呟く。

「これ、医者先生よ。竜晴さまがそんな過《あやま》ちを犯すはずがなかろう」

抜丸が泰山の足を這い進み、叱りつける。

「わ、いきなり出てきて、しゃべり出されると、吃驚《びっくり》するな」

泰山がのけぞった。

「まずは小烏神社へ帰るとしよう」

という竜晴の言葉により、一同は小烏神社への帰路に就いた。日はまだ高く、昼を少し過ぎたほどである。

「玉水は留守番をしているのか」

行きが一緒でなかった小烏丸が問うた。

「うむ。心もとない思いをしていることだろう」

「では、我が先に行って、玉水に伝えておこう」

と言うや、小烏丸はさっと飛び立っていく。

「まったく、まだ竜晴さまがご返事をなさっていないだろうに、勝手に飛び出していきおって」

「まあ、自分だけで気持ちの整理をつけたいのだろう」

竜晴が言うと、本体の柄《つか》に巻き付いた抜丸は、もう言葉を返しはしなかった。それから竜晴と泰山は黙々と歩き続け、半刻ほどを経た頃、ようやく目の前に懐かしい小鳥神社の鳥居が現れた。

「宮司さまあ」

小鳥丸の知らせを受け、鳥居で待ち構えていた玉水が駆け寄ってきて、竜晴にしがみ付く。

「よかった、ご無事にお帰りになってくださって、本当によかった。皆さん、必ず帰ってくるって信じてはいたけど……」

玉水はそう言うなり、わあわあと声を上げて泣き出した。

「これ、玉水よ。お前はまだ泣くのか。今の今、泣きやんだばかりであろうに」

鳥居の上にとまっている小鳥丸が当惑気味に言う。どうやら小鳥丸の姿を見て、ひとしきり泣いた玉水は、今度は竜晴と泰山、抜丸の姿を見て、また泣き出したということらしい。

「玉水よ。心配をかけてすまなかったな」

竜晴は玉水の頭に手を置いて言った。

「宮司……しゃま？」

泣きじゃくりながら、玉水は顔を上げる。

「宮司さま、どこか変わりましたか」

玉水は涙に濡れた目を竜晴に向けながら、ぽかんとしていた。

「はて。私のどこが変わったと、お前は思うのだ」

竜晴が訊き返すと、玉水もまた首をかしげる。

「さあ。宮司さまはどこが変わったんでしょう」

「私は特に変わっていないと思うが、お前がそのように思ったのであろう？」

「あ、はい。変わったように見えたんですけど、どこがって言われると、よく分からないです」

このやり取りをくり返していても実りはなさそうである。ようやく落ち着いてきた玉水に離れるよう促した後、竜晴は今がいつかを尋ねた。

「ええと、今は如月《きさらぎ》で、あと五日で弥生《やよい》になります」

玉水はしっかりと答えた。竜晴たちが出かけてからは毎日、暦《こよみ》を見て確かめていたという。

「では、三月《みつき》余り留守にしていたことになるのか」

「はい。そうです」

玉水の返事に、竜晴と泰山は顔を見合わせた。

「夢の中にいた日を数えても、そこまで長い時をあちらで過ごした実感はないな。やはり、時の流れ方がこちらと同じというわけにはいかないようだ」

竜晴の言葉に、泰山も困惑気味にうなずいた。

「確かにもっと短かった気がするな。だが、そうなると、余計に患者さんたちのことが気がかりだ」

帰ってきた途端、こちらの患者たちのことを心配し始めるのは、泰山らしいことであった。

その後、江戸の町に特に変わったことはなかったようだと、玉水から聞き出すと、泰山はひとまず患者宅を回ってみると言い出した。

「分かった。とはいえ、お前もあまり無理はしない方がいい」

竜晴の言葉にうなずいた泰山は、明日また来ると言って鳥居から踵を返した。

竜晴は付喪神たちと玉水を伴い、懐かしい社の中へと入っていく。まずは拝殿へ行き、抜丸の刀を安置した。付喪神の抜丸はそのまま竜晴について、庭の方へと向かう。

春を迎え、庭先は瑞々《みずみず》しい若葉で満たされていた。薬草畑はもちろんのこと、畑の外の草むらでも蓬《よもぎ》や十薬《じゅうやく》などが勢いよく育っている。

「お前がしっかりと、世話をしてくれていたのだな」

竜晴の言葉に、玉水が笑顔を見せた。

「花枝さんがお手伝いしてくれました。大輔さんも含めた三人で、よく宮司さまや泰山先生のことをお話ししてたんですよ」

「そうか。花枝殿と大輔殿がな」

二人に事情を話すことなく出立してしまったことを、きちんと詫びなければならないだろう。

「ところで、寛永寺からの使者の方が来ることはあったか」

竜晴が話を変えると、玉水は「あ、はい」とすぐにうなずいた。

「宮司さまたちがお出かけになってから、一度だけ田辺《たなべ》さまがいらっしゃいました。

しばらくお留守ですって申し上げたら、その後はお見えになっていませんが」

「そうか。では、今からお訪ねしよう」

竜晴は言い、小烏丸と抜丸に目を向け、人型になって供をするようにと告げた。

「しかし、竜晴さま。あの大僧正はかつて竜晴さまの助言を聞き容れず、実に無礼なことを申しました。あちらが謝ってくるまで、放っておかれてもよろしいのでは？」

抜丸が竜晴に言葉を返す。

「あの大僧正が無礼なことを言ったとは、どういうことだ」

と、小烏丸が目を剝いた。

「九州で反乱を起こした天草四郎なる少年を調伏すると言い出したのだ。竜晴さまは反対なさったが、聞き容れようとしなかった」

抜丸が腹立たしげな口ぶりで小烏丸に話して聞かせる。

「まあ、その通りだが、無礼と言うのは言い過ぎだろう。あちらの方がご身分は上なのだからな」

「しかし、大僧正は竜晴さまの大いなる力に幾度も助けられておりましょうに」

「それでも、このままというわけにはいかぬ。まずは、大僧正さまが調伏を行ったかどうかを確かめなくては」

竜晴は付喪神たちを人型に変え、玉水には留守番を言いつけた。

「すぐに帰ってこられますよね」

玉水は少し不安げな顔つきになって言う。

「当たり前だ。無事に帰ってきたことをお伝えしに、寛永寺へ行くだけなのだからな」

竜晴は玉水を安心させると、付喪神たちと共に上野山へと向かった。

寛永寺の門番も庫裏の小僧も、変わりはない様子であった。いずれも竜晴の久々の訪問に目を丸くし、温かく迎え入れてくれた。

「久々のご訪問を、大僧正さまもさぞ喜ばれることでしょう」

小僧はそう言って、大僧正への取り次ぎのため、奥へ急いだ。竜晴と天海の間にあった確執のことも、竜晴がしばらく小鳥神社を留守にしていたことも、知らぬものと見える。

やがて、小僧が戻ってきて、竜晴を天海の部屋へと案内してくれた。

「これは、賀茂殿。ようお越しくださった」

天海は何事もなかったかのように、以前と変わらぬ態度で竜晴を迎えた。ただ、少しばかり疲れているふうにも見える。

「大僧正さまもお変わりなく何より。本日は長の無沙汰《ぶさた》のお詫びと、小烏丸が無事に帰ったことをお知らせするために参りました」

竜晴は天海の前に座り、挨拶した。天海の眼差しが竜晴の後ろに座る付喪神たちの方へと流れる。

「そうか。無事に戻ってこられたのは重畳《ちようじよう》」

「大僧正さまに一つだけ伺いたいことがございます。前におっしゃっておられた天草四郎なる者の調伏の件、どうなされたのでございますか」

少なくとも、天海が呪詛返しをされた気配はない。

天海は竜晴の目をじっと見つめ、ほんの少し息を止めたようであった。

「……調伏は、しておらぬ」

「そうでしたか」

竜晴は安堵の息を吐いた。

「では、まだ反乱は終結していないのでしょうか」

「さよう。鎮圧には至っておらぬ。この先も、味方といい敵といい、犠牲が出るだろうが……」

「それでも、敵将に担ぎ上げられたただの少年を、呪力で死に至らしめるよりはよいでしょう」

「……賀茂殿はいついかなる時も、お考えが揺らぐことはないのだな」

天海が少し寂しげな口ぶりで呟いた。

「いいえ、そんなことはありません」

竜晴はすぐに言葉を返す。

「私も人ですから」

竜晴の言葉に、天海はわずかに目を瞠った。

「人は過ちを犯し、迷い、限られた時を生きてやがて死ぬ。そんな当たり前のことが、賀茂殿を前にした時だけ、揺らぐような気がするのじゃ。賀茂殿だけは世のふつうの衆生《しゅじょう》とあまりに違うゆえに……」

「そうであっても、私とて、人の宿命からは逃れられません。小烏丸や抜丸のように、何百年という歳月を生きることはできないのですから」

天海は竜晴から目をそらすと、

「調伏をするべきでないという賀茂殿の言葉は正しい」

と、少しうつむき加減で言った。

「九州の乱が人為によるものであり、怪異が関わっていないことは拙僧にも分かっていた。されど、あれらは異国の神を信奉する者たち。この国の神仏を守るためには、あの者たちが奉じる将を倒さねばならぬと焦ってしもうたのじゃ」

「人為によるものは人為で対応するしかありません。それはご公儀や大名衆にお任せになってよろしいかと――。片や、怪異による禍《わざわい》であれば、大僧正さまや私が対応しなければなりますまい」

竜晴の言葉に、天海は顔を上げた。

「この先も、拙僧と共に江戸を守ってくださるということか」

問う天海の声がこれまでになく震えている。

「それはお約束ですので」

「かたじけない、賀茂殿よ」

天海は頭を下げた。

「こちらこそ、よろしくお頼みいたします」

竜晴もまた、静かに頭を下げた。

四

竜晴と付喪神たちが小鳥神社へ帰ったのは、夕刻より少し前のことであった。

付喪神たちの人型を解くと、小鳥丸は庭木の枝へ、抜丸は庭の草むらへ、ふだん通りの過ごし方に戻っていく。

一方、竜晴は薬草畑の前に立った。あの草がないかと、畑の薬草を吟味していく。

(龍の髭……。あの方が鵺に操られ、神泉苑の溜池に投げ入れていた薬草)

徳子の面影が瞼の裏によみがえった。

徳子が鵺のような輩《やから》に心を操られてしまったのは、兄である重盛への叶わぬ想いを抱えていたからである。そして、数ある生薬の中から、徳子が龍の髭を選んだのは、重盛に対し龍の髭の根――麦門冬が処方されていたためだろう。

(あの方にとって、龍の髭は特別なものだった)

その薬草に、時を超えたこの世界で、もう一度巡り合いたいと思う。だからといって、何になるわけでもないのに、そう願う気持ちが自分の中にあることを、竜晴は自覚していた。

泰山の育てている薬草畑に、龍の髭はなかった。育ちやすく群生する草なので、畑で丁寧に育てなければならぬものではないのだ。

ふと目を上げると、視界の端で白いものがすっと動いた。抜丸かと思いながらそちらへ目を凝らすと、細長い葉の間に青い実のなる草があった。

まぎれもない龍の髭だ。冬の頃に小さな青い実をつけるのが特徴で、春過ぎまで実を楽しめる。

竜晴は龍の髭の前に屈み込み、その小さな青い実にそっと触れた。

(まるで藍銅鉱《らんどうこう》を溶かして閉じ込めたような――)

この美しい清浄な色合いの、何とあの方に似つかわしいことであろう。

ふと、そんなことを思った。

初めから、何かを望んではならぬ想いであり、報われることの決してない想いであった。

そのことははっきりと分かっていたから、あえて考えまいとし、何も望まぬようにと己の心を導いた。それは、少なくとも不可能なことではなかった。自分でもうまくやれていると思っていた。

果たさなければならぬ役目を果たし、あの方の心をできる範囲で救い、何ひとつ告げぬまま去った。それしかなかったし、それでよいとも思っていたはずだ。

(それなのに、もう二度と会うことのできぬここへ戻ってきて、あの方のことを思い出してしまうとは……)

人の心とはままならぬもの。

頭では分かっていたが、実感として抱くことのなかった思いを、今になってようやく理解した。徳子が重盛を想う気持ちも同じなのだろう。

そう気づいた時、自分はどうしようもなく人間なのだと感じた。神と呼ばれる存在と意を交わし、悪霊を祓い、さ迷う魂を浄土へ渡すことができても、やはり人であったのだ、と――。

「宮司……さま」

その時、竜晴は小さな女の声を耳にした。

はっと顔を上げると、庭の入り口に花枝の姿があった。今の今まで、人が神社の敷地の中へ入ってきたことに気づかないでいたとは――。

自分はそれほどまでにあの方への想いに心を奪われていたのだろうか。それとも、花枝があまりに邪気を感じさせぬため、あるいは身近な存在となっていたため、そのことに気づかなかったのか。

「ご無事だったのですね。つい先ほど泰山先生とお会いして、宮司さまもご帰宅なさったとお聞きし……」

花枝は声を震わせていた。

「花枝殿……」

竜晴は慌てて立ち上がる。花枝は竜晴に目を向けたまま動くことができなかったが、竜晴は畑を回り込んで、花枝のもとへと向かった。

花枝は竜晴から片時も目をそらさず、その動きを食い入るように見つめていた。

「本当なら出立前、きちんとご挨拶をしなければならなかったのですが……」

竜晴が謝ると、花枝はふるふると首を横に振る。

「そんなふうに謝らないでください。玉水ちゃんに言伝を託してくださったのですし、私のような者が案じるまでもなく、宮司さまがお強くてご立派だということは分かってはいたんです」

「それでも、心配してくださったのでしょう?」

竜晴が問うと、花枝の大きく見開いた目から涙があふれ出した。

「花枝殿、申し訳ない」

「いいえ、いいえ」

花枝は手拭いで涙を拭いつつ、再び首を振った。

「本当に宮司さまが謝るようなことではないんです。私が勝手に宮司さまをご心配して、勝手に胸を痛めていただけなのですもの」

花枝は込み上げるものをこらえながら言う。

「花枝殿……」

「心配させないでくれ、などと申し上げたいわけではないんです。ただ、宮司さまにはずっと、この小烏神社にいていただきたい。せめてその気持ちだけは、お伝えしたくて……」

「私たちがどこへ行っていたか、お聞きになりましたか」

竜晴は静かな声で尋ねた。

「いいえ、泰山先生は何もおっしゃいませんでしたし、玉水ちゃんは知らないと言っていたので」

「京の都に行っていたのです」

「そうでしたか。往復には、早くともひと月はかかるところですものね」

都へ行っていたのなら、三月《みつき》ほど小鳥神社を空けたのも道理だと、花枝は思ったようであった。

「あちらでの用は済みました。けれども、まだ一つやり残したことがあって……。そのために、都より遠い場所へ赴く日が来るかもしれません」

「まあ。では、宮司さまはまた旅立たれるのでしょうか」

涙が止まったばかりの目が不安に揺れていた。

「すぐではありませんが、そうなるかもしれないということです。されど」

竜晴は花枝をじっと見つめた。

「私が暮らす場所はここしかありません。どこへ行こうとも、必ずここへ帰ってきます」

花枝の頰にほのかな赤みがさした。

「はい。でも、もしその時が来たら、今度はお知らせいただけると嬉しいです」

「分かりました。お約束いたしましょう」

竜晴はしっかりとうなずいた。

花枝は最後は笑みを浮かべ、次は弟と一緒に来ると言って帰っていった。


「竜晴よ」

花枝が立ち去るのを待ちかねたかのように、小烏丸が庭先へ舞い降りてきた。

「あの娘に約束などをしてよかったのか」

小烏丸が心配そうに言う。

「どういうことだ」

「竜晴の言葉は軽いものではなかろう。口にした言葉は竜晴を縛り付けることになるぞ」

「次に旅立つ時、私は花枝殿に断らねばならないし、必ずここへ帰ってこなくてはならない。そのことを案じてくれているのか」

「まあ、そうだ」

「承知の上だ。それでも、そのくらいの縛りがこの江戸にあってもいい。そう思った」

「竜晴がそう思うのなら、我が口出しすることではないのだが……」

　小烏丸は竜晴から目をそらし、薬草畑の端を歩き出した。数歩、進んだ後、つと足を止め、竜晴に向き直ると、

「その、竜晴よ。先ほど、あの氏子の娘に話していた、やり残したこととは何だ」

　と、思い切った様子で問うた。

「お前に約束したことがあるだろう」

　竜晴は落ち着いた声で返した。

「それは、我の本体を見つけ出してくれるという約束か」

「うむ」

「まだ、あの約束を果たそうと思ってくれるのか」

「私は賀茂氏の血を引く者だ。一度口にした言葉を違えることは決してない」

「そうだな。竜晴はそういう人間だ」

小烏丸は自分を納得させるように呟いたが、

「我の本体は壇ノ浦の海の底に今もあるはずだ。もしかしたら見つけ出すことは難しいのかもしれないが……」

と、悩ましげな口ぶりになって続ける。

「いや、お前がこうして無事でいるのだから、本体も無事であろう」

「だが、我は四代さまの魂によって命をつなぎ留められていただけだ」

「確かに、お前の命をつなぎ留めたのは重盛公のお力だろう。だが、それからもう何百年と経っている。それでも、お前が無事でいるのは、やはり本体が今もこの世に在るからであり、お前自身が付喪神としての力を付けてきたためだ」

「ならば、我は再び本体に相見《あいまみ》えることを願い続けていいのだな」

小烏丸のいつになく真剣な眼差しに、竜晴はうなずいた。

「その通りだ」

「分かった。改めて竜晴よ、我の本体を見つけてくれ。よろしく頼む」

小烏丸は嘴が地面につくまで頭を下げた。それから、頭を元の位置に戻すと、竜晴を見上げながら、

「すまなかった、竜晴」

と、言った。

「記憶を取り戻してから、我が迷走し、竜晴を困らせたことを謝りたい。我はこれからも竜晴のため尽くすつもりだ。だから、いつか壇ノ浦へ我を連れていってくれ」

「いいだろう」

竜晴は答え、縁側の方を振り返った。

「抜丸も納得したか」

と、縁側の下から進み出てきた白蛇に問う。

「まったく」

と、抜丸は溜息混じりに言った。

「こやつが竜晴さまに謝るのは当然ですが、本当にやきもきさせられました。それにしても、最後の言葉は言わずもがな、です。付喪神が主のため尽くすのは当たり

前。その見返りに、壇ノ浦へ連れていけと頼むなど、まったく図々しいカラスめでございます」

抜丸はつけつけと言い、小烏丸を睨みつけた。

「図々しいとは何だ。我は別に対価を求めたわけではない」

「あの物言いでは、そういうふうに聞こえるということだ。愚か者めが」

いつものように、付喪神たちが言い争いを始める。聞き慣れた馴染みのあるやり取りを耳にしたのは、しばらくぶりのことであった。

「宮司さまあ」

やがて、家の中から玉水がぴょんと跳び出してきて、竜晴の前に立つ。

「今夜は宮司さまのご帰宅後、初のお食事ですが、何をお作りしましょう。油揚げを白いご飯で召し上がりますか。それとも、酢飯を油揚げにくるみましょうか。あ、油揚げをお米と一緒に炊き込むのもいいですかね」

「おぬしが挙げるのはすべて、飯と油揚げばかりではないか」

抜丸が小烏丸との言い合いを打ち切り、玉水にあきれた声で言う。

「だって、美味《おい》しいんですもの」

「まったく。油揚げを使うのはよいとして、他の具材も入れるべきだ。おぬしには改めて教え直す必要がある」

　と言って目を向けてくる抜丸を、竜晴は人型に変えてやった。

「では、行くぞ」

　と、抜丸は玉水を台所へ引きずっていった。小烏丸は人型に変えてくれと頼むこともなく、そのまま先ほどの木の枝へ飛び上がっていく。

　やがて、カアーと鳴く声が春の優しく澄んだ空に吸われていった。これという意を含んではいない、和やかで仕合せそうな声であった。

【引用和歌】

あしひきの山菅の根のねもころに　我れはそ恋ふる君が姿に（作者未詳『万葉集』）

妹待つと御笠の山の山菅の　止まずや恋ひむ命死なずは（作者未詳『万葉集』）

心には下行く水のわきかへり　言はで思ふぞ言ふにまされる（作者未詳『古今和歌六帖』）

この作品は書き下ろしです。

龍《りゅう》の髭《ひげ》
小烏神社奇譚《こがらすじんじゃきたん》

篠綾子《しのあやこ》

令和5年12月10日　初版発行

発行人――石原正康
編集人――高部真人
発行所――株式会社幻冬舎
〒151-0051東京都渋谷区千駄ヶ谷4-9-7
電話　03(5411)6222(営業)
　　　03(5411)6211(編集)
公式HP　https://www.gentosha.co.jp/

印刷・製本―図書印刷株式会社
装丁者――高橋雅之

幻冬舎時代小説文庫

ISBN978-4-344-43344-1　C0193　し-45-8

この本に関するご意見・ご感想は、下記アンケートフォームからお寄せください。
https://www.gentosha.co.jp/e/